万物有时

汪曾祺 著

天津出版传媒集团
天津人民出版社

图书在版编目（CIP）数据

万物有时 / 汪曾祺著. -- 天津：天津人民出版社，2018.3（2018.8重印）

ISBN 978-7-201-12717-0

Ⅰ.①万… Ⅱ.①汪… Ⅲ.①散文集—中国—当代 Ⅳ.①I267

中国版本图书馆CIP数据核字（2017）第299986号

万物有时

WAN WU YOU SHI

出　　版　天津人民出版社
出 版 人　黄　沛
地　　址　天津市和平区西康路35号康岳大厦
邮政编码　300051
邮购电话　（022）23332469
网　　址　http://www.tjrmcbs.com
电子邮箱　tjrmcbs@126.com

责任编辑　陈　烨
策划编辑　张　历
封面设计　平　平

制版印刷　北京市十月印刷有限公司
经　　销　新华书店
开　　本　880×1230毫米　1/32
印　　张　7.5
字　　数　140千字
版次印次　2018年3月第1版　2018年8月第2次印刷
定　　价　49.80元

目 录

草木春秋

虫鱼鸟兽

故里杂忆

草木春秋

花园

茱萸小集二

在任何情形之下，那座小花园是我们家最亮的地方。虽然它的动人处不是，至少不仅在于这点。

每当家像一个概念一样浮现于我的记忆之上，它的颜色是深沉的。

祖父年轻时建造的几进，是灰青色与褐色的。我自小养育于这种安定与寂寞里。报春花开放在这种背景前是好的。它不致被晒得那么多粉，固然报春花在我们那儿很少见，也许没有，不像昆明。

曾祖留下的则几乎是黑色的，一种类似眼圈上的黑色（不要说它是青的），里面充满了影子。这些影子足以使供在神龛前的花消失。晚间点上灯，我们常觉那些布灰布漆的大柱子一直伸拔到无穷高处。神堂屋里总挂一只鸟笼，我相信即是现在也挂一只的。那只青裆子永远眯着眼假寐（我想它做个哲学家，似乎身子太小了）。只有巳时将尽，它唱一会，洗个澡，抖下一团小雾在伸展到廊内片刻的夕阳光影里。

一下雨，什么颜色都重郁起来，屋顶，墙，壁上花纸的图案，甚至鸽子：铁青子，瓦灰，点子，霞白。宝石眼的好处这时才显出来。于是我们，等斑鸠叫单声，在我们那个园里叫。等着一棵榆梅稍经一触，落下碎碎的瓣子，等着重新着色后的草。

我的脸上若有从童年带来的红色，它的来源是那座花园。

我的记忆有菖蒲的味道。然而我们的园里可没有菖蒲呵。它是哪儿来的，是哪些草？这是一个无法解决的问题。但是我此刻把它们没有理由地纠在一起。

“巴根草，绿茵茵，唱个唱，把狗听。”每个小孩子都这么唱过吧。有时什么也不做，我躺着，用手指绕住它的根，用一种不露锋芒的力量拉，听顽强的根胡一处一处断了。这种声音只有拔草的人自己才能听得见。当然我嘴里是含着一根草了。草根的甜味和它的似有若无的水红色是一种自然的巧合。

草被压倒了。有时我的头动一动，倒下的草又慢慢站起来。我静静地注视它，很久很久，看它的努力快要成功时，又把头枕上去，嘴里叫一声“嗯”！有时，不在意，怜惜它的苦心，就算了。这种性格呀！那些草有时会吓我一跳的，它在我的耳根伸起腰来了，当我看天上的云。我的鞋底是滑的，草磨得它发了光。

莫碰臭芝麻，沾惹一身，嗐，难闻死人。沾上身了，不要用手指去拈，用刷子刷。这种籽儿有带钩儿的毛，讨嫌死了。至今我不能忘记它：因为我急于要捉住那个“都溜”（一种蝉，叫得最好听），我举着我的网，蹑手蹑脚，抄近路过去，循它的声音找着时，拍，得了。可是回去，我一身都是那种臭玩意。想想我捉过多少“都溜”！

我觉得虎耳草有一种腥味。

紫苏的叶子上的红色呵，暑假快过去了。

那棵大垂柳上常常有天牛，有时一个，两个的时候更多。它们总像有一桩事情要做，六只脚不停地运动，有时停下来，那动着的便是两根有节的触须了。我们以为天牛触须有一节它就有一岁。捉天牛用手，不是如何困难的工作，即使它在树枝上转来转去，你等一个合适地点动手。常把脖子弄累了，但是失望的时候很少。这小小生物完全如一个有教养惜身份的绅士，行动从容不迫，虽有翅膀可从不想到飞；即是飞，也不远。一捉住，它便吱吱扭扭的叫，表示不同意，然而行为依然是温文尔雅的。黑地白斑的天牛最多，也有极瑰丽颜色的。有一种还似乎带点玫瑰香味。天牛的玩法是用线扣在脖子上看它走。令人想起……不说也好。

蟋蟀已经变成大人玩意了。但是大人的兴趣在斗，而我们对于捉蟋蟀的兴趣恐怕要更大些。我看过一本秋虫谱，上面除了苏东坡米南宫，还有许多济颠和尚说的话，都神乎其神的不大好懂。捉到一个蟋蟀，我不能看出它颈子上的细毛是瓦青还是朱砂，它的牙是米牙还是菜牙，但我仍然是那么欢喜。听，瞿瞿瞿瞿哪里？这儿是的，这儿了！用草掏，手扒，水灌，嚁，蹦出来了。顾不得螺螺藤拉了手，扑，追着扑。有时正在外面玩得很好，忽然想起我的蟋蟀还没喂呐，于是赶紧回家。我每吃一个梨，一段藕，吃石榴吃菱，都要分给它一点。正吃着晚饭，我的蟋蟀叫了。我会举着筷子听半天，听完了对父亲笑笑，得意极了。一捉蟋蟀，那就整个园子都得翻个身。我最怕翻出那种软软的鼻涕虫。可是堂弟有的是办法，撒一点盐，立刻它就化成一摊水了。

有的蝉不会叫，我们称之为哑巴。捉到哑巴比捉到“红娘”更坏。但哑巴也有一种玩法。用两个马齿苋的瓣子套起它的眼睛，那是刚刚合适的，仿佛马齿苋的瓣子天生就为了这种用处才长成那么个小口袋样子，一放手，哑巴就一直向上飞，决不偏斜转弯。

蜻蜓一个个选定地方息下，天就快晚了。有一种通身铁色的蜻蜓，翅膀较窄，称“鬼蜻蜓”。看它款款地飞在墙角花阴，不知什么道理，心里有一种说不出来的难过。

好些年不看到土蜂了。这种蠢头蠢脑的家伙，我觉得它也在花朵上把屁股撅来撅去的，有点不配，因此常常愚弄它。土蜂是在泥地上掘洞当作窠的。看它从洞里把个有绒毛的小脑袋钻出来（那神气像个东张西望的近视眼），嗡，飞出去了，我便用一点点湿泥把那个洞封好，在原来的旁边给它重掘一个，等着，一会儿，它拖着肚子回来了，找呀找，找到我掘的那个洞，钻进去，看看，不对，于是在四近大找一气。我会看着它那副急样笑个半天。或者，干脆看它进了洞，用一根树枝塞起来，看它从别处开了洞再出来。好容易，可重见天日了，它老先生于是坐在新大门旁边息息，吹吹风。神情中似乎是生了一点气，因为到这时已一声不响了。

祖母叫我们不要玩螳螂，说是它吃了土谷蛇的脑子，肚里会生出一种铁线蛇，缠到马脚脚就断，什么东西一穿就过去了，穿到皮肉里怎么办？

她的眼睛如金甲虫，飞在花丛里五月的夜。

故乡的鸟呵。我每天醒在鸟声里。我从梦里就听到鸟叫，直到我醒来。我听得出几种极熟悉的叫声，那是每天都叫的，似乎每天都在那个固定的枝头。

有时一只鸟冒冒失失飞进那个花厅里，于是大家赶紧关门，关窗子，吆喝，拍手，用书扔，竹竿打，甚至把自己帽子向空中摔去。可怜的东西这一来完全没了主意，只是横冲直撞地乱飞，碰在玻璃上，弄得一身蜘蛛网，最后大概都是从两椽之间空隙脱走。

园子里时时晒米粉，晒灶饭，晒碗儿糕。怕鸟来吃，都放一片红纸。为了这个警告，鸟儿照例就不来，我有时把红纸拿掉让它们大吃一阵，到觉得它们太不知足时便大喝一声赶去。

我为一只鸟哭过一次。那是一只麻雀或是癞花。也不知从什么人处得来的，欢喜得了不得，把父亲不用的细篾笼子挑出一个最好的来给它住，配一个最好的雀碗，在插架上放了一个荸荠，安了两根风藤跳棍，整整忙了一半天。第二天起得格外早，把它挂在紫藤架下。正是花开的时候，我想是那全园最好的地方了。一切弄得妥妥当当后，独自还欣赏了好半天，我上学去了。一放学，急急回来，带着书便去看我的鸟。笼子掉在地下，碎了，雀碗里还有半碗水，“我的鸟，我的鸟呐！”父亲正在给碧桃花接枝，听见我的声音，忙走过来，把笼子拿起来看看，说：“你挂得太低了，鸟在大伯的玳瑁猫肚子里了。”哇的一声，我哭了。父亲推着我的头回去，一面说：“不害羞，这么大人了。”

有一年，园里忽然来了许多夜哇子。这是一种鹭鸶属的鸟，灰白色，据说它们头上那根毛能破天风。所以有那么一种名，大概是因为它的叫声如此吧。故乡古话说这种鸟常带来幸运。我见它们吃吃喳喳做窠了，我去告诉祖母，祖母去看了看，没有说什么话。我想起它们来了，也有一天会像来了一样又去了的。我尽想，从来处来，从去处去，一路走，一路望着祖母的脸。

园里什么花开了，常常是我第一个发现。祖母的佛堂里那个铜瓶里的花常常是我换新。对于这个孝心的报酬是有须掐花供奉时总让我去，父亲一醒来，一股香气透进帐子，知道桂花开了，他常是坐起来，抽支烟，看着花，很深远地想着什么。冬天，下雪的冬天，一早上，家里谁也还没有起来，我常去园里摘一些冰心腊梅的朵子，再掺着鲜红的天竺果，用花丝穿成几柄，清水养在白瓷碟子里放在妈（我的第一个继母）和二伯母妆台上，再去上学。我穿花时，服伺我的女佣人小莲子，常拿着掸帚在旁边看，她头上也常戴着我的花。

我们那里有这么个风俗，谁拿着掐来的花在街上走，是可以抢的，表姐姐们每带了花回去，必是坐车。她们一来，都得上园里看看，有什么花开得正好，有时竟是特地为花来的。掐花的自然又是我。我乐于干这项差事。爬在海棠树上，梅树上，碧桃树上，丁香树上，听她们在下面说："这枝，唉，这枝这枝，再过来一点，弯过去的，喏，唉，对了对了！"冒一点险，用一点力，总给办到。有时我也贡献一点意见，以为某枝已经盛开，不两天就全落在台布上了，某枝花虽不多，样子却好。有时我陪花跟她们一道回去，路上看见有人看过这些花一眼，心里非常高兴。碰到熟人同学，路上也会分一点给她们。

想起绣球花，必连带想起一双白缎子绣花的小拖鞋。这是一个小姑姑房中东西。那时候我们在一处玩，从来只叫名字，不叫姑姑。只有时写字条时如此称呼，而且写到这两个字时心里颇有种近于滑稽的感觉。我轻轻揭开门帘，她自己若是不在，我便看到这两样东西了。太阳照进来，令人明白感觉到花在吸着水，仿佛自己真分享到吸水的快乐。我可以坐在她常坐的椅子上，随便找一本书看看，找一张纸写点什么，或有心无意地画一个枕头花样，把一切再恢复原来样子不留什么痕迹，又自去了。但她大都能发觉谁来过了。到第二天碰到，必指着手说："还当我不知道呢。你在我绷子上戳了两针，我要拆下重来了！"那自然是吓人的话。那些绣球花，我差不多看见它们一点一点地开，在我看书作事时，它会无声地落两片在花梨木桌上。绣球花可由人工着色。在瓶里加一点颜色，它便会吸到花瓣里。除了大红的之外，别种颜色看上去都极自然。我们常以骗人说是新得的异种。这只是一种游戏，姑姑房里常供的仍是白的。为什么我把花跟拖鞋画在一起呢？真不可解。——姑姑已经嫁了，听说日子极不如意。绣球快开花了，昆明渐渐暖起来。

花园里旧有一间花房，由一个花匠管理。那个花匠仿佛姓夏。关于他的机伶促狭，和女人方面的恩怨，有些故事常为旧日佣仆谈起，但我只看到他常来要钱，样子十分狼狈，局局促促，躲避人的眼睛，尤其是说他的故事的人的。花匠离去后，花房也跟着改造园内房屋而拆掉了。那时我认识花名极少，只记得黄昏时，夹竹桃特别红，我忽然又害怕起来，急急走回去。

我爱逗弄含羞草。触遍所有叶子，看都合起来了，我自低头看我的书，偷眼瞧它一片片的开张了，再猝然又来一下。他们都说这是不好的，有什么不好呢。

荷花像是清明栽种。我们吃吃螺蛳，抹抹柳球，便可看佃户把马粪倒在几口大缸里盘上藕秧，再盖上河泥。我们在泥里找蚬子，小虾，觉得这些东西搬了这么一次家，是非常奇怪有趣的事。缸里泥晒干了，便加点水，一次又一次，有一天，紫红色的小嘴子冒出来了水面，夏天就来了。赞美第一朵花。荷叶上花拉花响了，母亲便把雨伞寻出来，小莲子会给我送去。

大雨忽然来了。一个青色的闪照在枫树上，我赶紧跑到柴草房里去。那是距我所在处最近的房屋。我爬上堆近屋顶的芦柴上，听水从高处流下来，响极了。訇——，空心的老桑树倒了，葡萄架塌了，我的四近越来越黑了，雨点在我头上乱跳。忽然一转身，墙角两个碧绿的东西在发光！哦，那是我常看见的老猫。老猫又生了一群小猫了。原来它每次生养都在这里。我看它们攒着吃奶，听着雨，雨慢慢小了。

那棵龙爪槐是我一个人的。我熟悉它的一切好处，知道哪个枝子适合哪种姿势。云从树叶间过去。壁虎在葡萄上爬。杏子熟了。何首乌的藤爬上石笋了，石笋那么黑。蜘蛛网上一只苍蝇。蜘蛛呢？花天牛半天吃了一片叶子，这叶子有点甜么，那么嫩。金雀花那儿好热闹，多少蜜蜂！波——，金鱼吐出一个泡，破了，下午我们去捞金鱼虫。香橼花蒂的黄色仿佛有点忧郁，别的花是飘下，香橼花是掉下的，花落在草叶上，草稍微低头又弹起。大伯母掐了枝珠兰戴上，回去了。大伯母的女儿，堂姐姐看金鱼，看见了自己。石榴花开，玉兰花开，祖母来了："莫掐了，回去看看，瓶里是什么？""我下来了，下来扶您。"

槐树种在土山上，坐在树上可看见隔壁佛院。看不见房子，看到的是关着的那两扇门，关在门外的一片菜园。门里是什么岁月呢？钟鼓整日敲，那么悠徐，那么单调。门开时，小尼姑来抱一捆草，打两桶水，随即又关上了。水咚咚的滴回井里。那边有人看我，我忙把书放在眼前。

家里宴客，晚上小方厅和花厅有人吃酒打牌（我记得有个人吹得极好的笛子）。灯光照到花上，树上，令人极欢喜也十分忧郁。点一个纱灯，从家里到园里，又从园里到家里，我一晚上总不知走了无数趟。有亲戚来去，多是我照路，说哪里高，哪里低，哪里上阶，哪里下坎。若是姑妈舅母，则多是扶着我肩膀走。人影人声都如在梦中。但这样的时候并不多。平日夜晚园子是锁上的。

小时候胆小害怕，黑的，树影风声，令人却步。而且相信园里有个“白胡子老头子”，一个土地花神，晚上会出来，在那个土山后面，花树下，冉冉地转圈子，见人也不避让。

有一年夏天，我已经像个大人了，天气郁闷，心上另外又有一点小事使我睡不着，半夜到园里去。一进门，我就停住了。我看见一个火星。咳嗽一声，招我前去，原来是我的父亲。他也正因为睡不着觉在园中徘徊。他让我抽一支烟（我刚会抽烟），我搬了一张藤椅坐下，我们一直没有说话。那一次，我感觉我跟父亲靠得近极了。

四月二日。月光清极。夜气大凉。似乎该再写一段作为收尾，但又似无须了。便这样吧，日后再说。逝者如斯。

关于葡萄

葡萄和爬山虎

一个学农业的同志告诉我：谷子是从狗尾巴草变来的，葡萄是从爬山虎变来的。我听了，觉得很有意思。谷子和狗尾巴草，葡萄和爬山虎，长得是很像。

另一个学农业的同志说：这没有科学根据，这是想象。

就算是想象吧，我还是觉得这想象得很有意思。我觉得不是没有这种可能。世界上的东西，总是由别的什么东西变来的。我们现在有了这么多品种的葡萄，有玫瑰香、马奶、金铃、秋紫、黑罕、白拿破仑、巴勒斯坦、虎眼、牛心、大粒白、柔丁香、白香蕉……颜色、形状、果粒大小、酸甜、香味，各不相同。它们是从来就有的么？不会的。最初一定只有一种果粒只有胡椒那样大，颜色半青半紫，味道酸涩的那么一种东西。是什么东西呢？大概就是爬山虎。

从狗尾巴草到谷子，从爬山虎到葡萄，是一个很漫长的过程。这种变化，是在人的参与之下完成的。人说：要大穗，要香甜多汁，于是谷子和葡萄就成了现在这样。

葡萄是人创造出来的。

葡萄的来历

至少玫瑰香不是张骞从西域带回来的。玫瑰香的家谱是可以查考的。它的故乡，是英国。

中国的葡萄是什么时候有的，从哪里来的，自来有不同的说法。

最流行的说法是：张骞从西域带回来的。在汉武帝的时候，即公元前130年左右。《图经》："张骞使西域，得其种而还，种之，中国始有。"《齐民要术》："汉武帝使张骞至大宛，取葡萄实，如离宫别馆旁尽种之。"人们很愿意相信这种说法，因为可以发思古之幽情。"空见葡萄入汉家"，让人感到历史的寥廓。说张骞带回葡萄，是有根据的。现在还大量存在的夸耀汉朝的国力和武功的"葡萄海马镜"，可以证明。新疆不是现在还出很好的葡萄么？

但是，是不是张骞之前，中国就没有葡萄？有人是怀疑过的。魏文帝曹丕《与吴监书》，是专谈葡萄的，他只说："中国珍果甚多，且复为说葡萄。"安邑是个出葡萄的地方。《安邑果志》载："《蒙泉杂言》《酉阳杂俎》与《六帖》皆载：葡萄由张骞自大宛移植汉宫。按《本草》已具神农九种，当涂熄火，去骞未远；而魏文之诏，实称中国名果，不言西来。是唐以前无此论。"(《植物名实图考长编》引)《县志》的作者以为中国本来就有。他还以为中国本土的葡萄和张骞带回来的葡萄"别是一种"。

魏晋时葡萄还不多见，所以曹丕才专门写了一篇文章，庾信和尉瑾才对它“体”了半天“物”，一个说“有类软枣”，一个说“似生荔枝”。唐宋以后，就比较普遍，不是那样珍贵难得了。宋朝有一个和尚画家温日观就专门画葡萄。

张骞带回的葡萄是什么品种的呢？从“葡萄海马镜”上看不出。从拓片上看，只是黑的一串，果粒是圆的。

魏文帝吃的是什么葡萄？不知道。他只说是这种葡萄很好吃：“当其夏末涉秋，尚有余暑，醉酒宿醒，掩露而食，甘而不饴，脆而不酸，冷而不寒，味长汁多，除烦解倦。”没有说是什么颜色，什么形状。——他吃的葡萄是“脆”的，这是什么葡萄？……

温日观所画的葡萄，我所见到的都是淡墨的，没有著色。从墨色看，是深紫的。果粒都作正圆，有点像是秋紫或是金铃。

反正，张骞带回来的，曹丕吃的，温日观画的，都不是玫瑰香。

中国现在的葡萄以玫瑰香为大宗。以玫瑰香为其大宗的现在的中国葡萄是从山东传开来的。其时最早不超过明代。

山东的葡萄是外国的传教士带进来的。

他们最先带来的是葡萄酒。——这种葡萄酒是洋酒，和“葡萄美酒夜光杯”的葡萄酒是两码事。这是传教必不可少的东西。在做礼拜领圣餐的时候，都要让信徒们喝一口葡萄酒，这是耶稣的血。传教士们漂洋过海地到中国来，船上总要带着一桶一桶的葡萄酒。

从本国带酒来很不方便，于是有的教士就想起带了葡萄苗来，到中国来种。收了葡萄，就地酿酒。

他们把葡萄种在教堂墙内的花园里。

中国的农民留神看他们种葡萄。哦，是这样的！这个农民撅了几根葡萄藤，插在土里。葡萄出芽了，长大了，结了很多葡萄。

这就传开了。

现在，中国到处都是玫瑰香。

这个故事是一个种葡萄的果农告诉我的。他说：中国的农民是很能干的。什么事都瞒不过中国人。中国人一看就会。

葡萄月令

一月，下大雪。

雪静静地下着。果园一片白。听不到一点声音。

葡萄睡在铺着白雪的窖里。

二月里刮春风。

立春后，要刮四十八天“摆条风”。风摆动树的枝条，树醒了，忙忙地把汁液送到全身。树枝软了。树绿了。

雪化了，土地是黑的。

黑色的土地里，长出了茵陈蒿。碧绿。

葡萄出窖。

把葡萄窖一锹一锹挖开。挖下的土，堆在四面。葡萄藤露出来了，乌黑的。有的梢头已经绽开了芽苞，吐出指甲大的苍白的小叶。它已经等不及了。

把葡萄藤拉出来，放在松松的湿土上。

不大一会，小叶就变了颜色，叶边发红；——又不大一会，绿了。

三月，葡萄上架。

先得备料。把立柱、横梁、小棍，槐木的、柳木的、杨木的、桦木的，按照树棵大小，分别堆放在旁边。立柱有汤碗口粗的、饭碗口粗的、茶杯口粗的。一棵大葡萄得用八根、十根，乃至十二根立柱。中等的，六根、四根。

先刨坑，竖柱。然后搭横梁，用粗铁丝紧后搭小棍，用细铁丝缚住。

然后，请葡萄上架。把在土里趴了一冬的老藤扛起来，得费一点劲。大的，得四五个人一起来。“起！——起！”哎，它起来了。把它放在葡萄架上，把枝条向三面伸开，像五个指头一样的伸开，扇面似的伸开。然后，用麻筋在小棍上固定住。葡萄藤舒舒展展，凉凉快快地在上面呆着。

上了架，就施肥。在葡萄根的后面，距主干一尺，挖一道半月形的沟，把大粪倒在里面。葡萄上大粪，不用稀释，就这样把原汁大粪倒下去。大棵的，得三四桶。小葡萄，一桶也就够了。

四月，浇水。

挖窖挖出的土，堆在四面，筑成垄，就成一个池子。池里放满了水。葡萄园里水气泱泱，沁人心肺。

葡萄喝起水来是惊人的。它真是在喝哎！葡萄藤的组织跟别的果树不一样，它里面是一根一根细小的导管。这一点，中国的古人早就发现了。《图经》云：“根苗中空相通。圃人将货之，欲得厚利，暮溉其根，而晨朝水浸子中矣，故俗呼其苗为木通。”“暮溉其根，而晨朝水浸子中矣”，是不对的。葡萄成熟了，就不能再浇水了。再浇，果粒就会涨破。“中空相通”却是很准确的。浇了水，不大一会，它就从根直吸到梢，简直是小孩嘬奶似的拼命往上嘬。浇过了水，你再回来看看吧：梢头切断过的破口，就嗒嗒地往下滴水了。

是一种什么力量使葡萄拼命地往上吸水呢？

施了肥，浇了水，葡萄就使劲抽条、长叶子。真快！原来是几根根枯藤，几天功夫，就变成青枝绿叶的一大片。

五月，浇水，喷药，打梢，掐须。

葡萄一年不知道要喝多少水，别的果树都不这样。别的果树都是刨一个“树碗”，往里浇几担水就得了，没有像它这样的：“漫灌”，整池子的喝。

喷波尔多液。从抽条长叶，一直到坐果成熟，不知道要喷多少次。喷了波尔多液，太阳一晒，葡萄叶子就都变成蓝的了。

葡萄抽条，丝毫不知节制，它简直是瞎长！几天功夫，就抽出好长的一节的新条。这样长法还行呀，还结不结果呀？因此，过几天就得给它打一次条。葡萄打条，也用不着什么技巧，一个人就能干，拿起树剪，劈劈啦啦，把新抽出来的一截都给它铰了就得了。一铰，一地的长着新叶的条。

葡萄的卷须，在它还是野生的时候是有用的，好攀附在别的什么树木上。现在，已经有人给它好好地固定在架上了，就一点用也没有了。卷须这东西最耗养分，——凡是作物，都是优先把养分输送到顶端，因此，长出来就给它掐了，长出来就给它掐了。

葡萄的卷须有一点淡淡的甜味。这东西如果腌成咸菜，大概不难吃。

五月中下旬，果树开花了。果园，美极了。梨树开花了，苹果树开花了，葡萄也开花了。

都说梨花像雪，其实苹果花才像雪。雪是厚重的，不是透明的。梨花像什么呢？——梨花的瓣子是月亮做的。

有人说葡萄不开花，哪能呢，只是葡萄花很小，颜色淡黄微绿，不钻进葡萄架是看不出的。而且它开花期很短。很快，就结出了绿豆大的葡萄粒。

六月，浇水、喷药、打条、掐须。

葡萄粒长了一点了，一颗一颗，像绿玻璃料做的纽子。硬的。

葡萄不招虫。葡萄会生病，所以要经常喷波尔多液。但是它不像桃，桃有桃食心虫；梨，梨有梨食心虫。葡萄不用疏虫果。——果园每年疏虫果是要费很多工的。虫果没有用，黑黑的一个半干的球，可是它耗养分呀！所以，要把它“疏”掉。

七月，葡萄“膨大”了。

掐须、打条、喷药，大大地浇一次水。

追一次肥。追硫铵。在原来施粪肥的沟里撒上硫铵。然后，就把沟填平了，把硫铵封在里面。

汉朝是不会追这次肥的，汉朝没有硫铵。

八月，葡萄“着色”。

你别以为我这里是把画家的术语借用来了。不是的。这是果农的语言，他们就叫“着色”。

下过大雨，你来看看葡萄园吧，那叫好看！白的像白玛瑙，红的像红宝石，紫的像紫水晶，黑的像黑玉。一串一串，饱满、磁棒、挺括，璀璨琳琅。你就把《说文解字》里的玉字偏旁的字都搬了来吧，那也不够用呀！

可是你得快来！明天，对不起，你全看不到了。我们要喷波尔多液了。一喷波尔多液，它们的晶莹鲜艳全都没有了，它们蒙上一层蓝兮兮、白糊糊地的东西，成了磨砂玻璃。我们不得不这样干。葡萄是吃的，不是看的。我们得保护它。过不两天，就下葡萄了。

一串一串剪下来，把病果、瘪果去掉，妥妥地放在果筐里。果筐满了，盖上盖，要一个棒小伙子跳上去蹦两下，用麻筋缝的筐盖。——新下的果子，不怕压，它很结实，压不坏。倒怕是装不紧，逛里逛当的。那，来回一晃悠，全得烂！

葡萄装上车，走了。

去吧，葡萄，让人们吃去吧！

九月的果园像一个生过孩子的少妇，宁静、幸福，而慵懒。我们还给葡萄喷一次波尔多液。哦，下了果子，就不管了？人，总不能这样无情无义吧。

十月，我们有别的农活。我们要去割稻子。葡萄，你愿意怎么长，就怎么长着吧。

十一月，葡萄下架。

把葡萄架拆下来。检查一下，还能再用的，搁在一边。糟朽了的，只好烧火。立柱、横梁、小棍，分别堆垛起来。

剪葡萄条。干脆得很，除了老条，一概剪光。葡萄又成了一个大秃子。

剪下的葡萄条，挑有三个芽眼的，剪成二尺多长的一截，捆起来，放在屋里，准备明春插条。

其余的，连枝带叶，都用竹笤帚扫成一堆，装走了。

葡萄园光秃秃。

十一月下旬，十二月上旬，葡萄入窖。

这是个重活。把老本放倒，挖土把它埋起来。要埋得很厚实。外面要用铁锹拍平。这个活不能马虎。都要经过验收，才给记工。

葡萄窖，一个一个长方形的土墩墩。一行一行，整整齐齐的排列着。风一吹，土色发了白。

这真是一年的冬景了。热热闹闹的果园，现在什么颜色都没有了。眼界空阔，一览无余，只剩下发白的黄土。

下雪了。我们踏着碎玻璃碴似的雪，检查葡萄窖，扛着铁锹。

一到冬天，要检查几次。不是怕别的，怕老鼠打了洞。葡萄窖里很暖和，老鼠爱往这里面钻。它倒是暖和了，咱们的葡萄可就受了冷啦！

昆明的雨

宁坤要我给他画一张画，要有昆明的特点。我想了一些时候，画了一幅：右上角画了一片倒挂着的浓绿的仙人掌，末端开出一朵金黄色的花；左下画了几朵青头菌和牛肝菌。题了这样几行字：

> 昆明人家常于门头挂仙人掌一片以辟邪，仙人掌悬空倒挂，尚能存活开花。于此可见仙人掌生命之顽强，亦可见昆明雨季空气之湿润。雨季则有青头菌、牛肝菌，味极鲜腴。

我想念昆明的雨。

我以前不知道有所谓雨季。“雨季”，是到昆明以后才有了具体感受的。

我不记得昆明的雨季有多长，从几月到几月，好像是相当长的。但是并不使人厌烦。因为是下下停停、停停下下，不是连绵不断，下起来没完。而且并不使人气闷。我觉得昆明雨季气压不低，人很舒服。

昆明的雨季是明亮的、丰满的，使人动情的。城春草木深，孟夏草木长。昆明的雨季，是浓绿的。草木的枝叶里的水分都到了饱和状态，显示出过分的、近于夸张的旺盛。

我的那张画是写实的。我确实亲眼看见过倒挂着还能开花的仙人掌。旧日昆明人家门头上用以辟邪的多是这样一些东西：一面小镜子，周围画着八卦，下面便是一片仙人掌，——在仙人掌上扎一个洞，用麻线穿了，挂在钉子上。昆明仙人掌多，且极肥大。有些人家在菜园的周围种了一圈仙人掌以代替篱笆。——种了仙人掌，猪羊便不敢进园吃菜了。仙人掌有刺，猪和羊怕扎。

昆明菌子极多。雨季逛菜市场，随时可以看到各种菌子。最多，也最便宜的是牛肝菌。牛肝菌下来的时候，家家饭馆卖炒牛肝菌，连西南联大食堂的桌子上都可以有一碗。牛肝菌色如牛肝，滑，嫩，鲜，香，很好吃。炒牛肝菌须多放蒜，否则容易使人晕倒。青头菌比牛肝菌略贵。这种菌子炒熟了也还是浅绿色的，格调比牛肝菌高。菌中之王是鸡枞，味道鲜浓，无可方比。鸡枞是名贵的山珍，但并不真的贵得惊人。一盘红烧鸡枞的价钱和一碗黄焖鸡不相上下，因为这东西在云南并不难得。有一个笑话：有人从昆明坐火车到呈贡，在车上看到地上有一棵鸡枞，他跳下去把鸡枞捡了，紧赶两步，还能爬上火车。这笑话用意在说明昆明到呈贡的火车之慢，但也说明鸡枞随处可见。有一种菌子，中吃不中看，叫做干巴菌。乍一看那样子，真叫人怀疑：这种东西也能吃？！颜色深褐带绿，有点像一堆半干的牛粪或一个被踩破了的马蜂窝。里头还有许多草茎、松毛，乱七八糟！可是下点功夫，把草茎松毛择净，撕成蟹腿肉粗细的丝，和青辣椒同炒，入口便会使你张目结舌：这东西这么好吃？！还有一种菌子，中看不中吃，叫鸡油菌。都是一般大小，有一块银圆那样大，滴溜儿圆，颜色浅黄，恰似鸡油一样。这种菌子只能做菜时配色用，没什么味道。

雨季的果子，是杨梅。卖杨梅的都是苗族女孩子，戴一顶小花帽子，穿着扳尖的绣了满帮花的鞋，坐在人家阶石的一角，不时吆唤一声："卖杨梅——"声音娇娇的。她们的声音使得昆明雨季的空气更加柔和了。昆明的杨梅很大，有一个乒乓球那样大，颜色黑红黑红的，叫做"火炭梅"。这个名字起得真好，真是像一球烧得炽红的火炭！一点都不酸！我吃过苏州洞庭山的杨梅、井冈山的杨梅，好像都比不上昆明的火炭梅。

雨季的花是缅桂花。缅桂花即白兰花，北京叫做"把儿兰"（这个名字真不好听）。云南把这种花叫做缅桂花，可能最初这种花是从缅甸传入的，而花的香味又有点像桂花，其实这跟桂花实在没有什么关系。——不过话又说回来，别处叫它白兰、把儿兰，它和兰花也挨不上呀，也不过是因为它很香，香得像兰花。我在家乡看到的白兰多是一人高，昆明的缅桂是大树！我在若园巷二号住过，院里有一棵大缅桂，密密的叶子，把四周房间都映绿了。缅桂盛开的时候，房东（是一个五十多岁的寡妇）和她的一个养女，搭了梯子上去摘，每天要摘下来好些，拿到花市上去卖。她大概是怕房客们乱摘她的花，时常给各家送去一些。有时送来一个七寸盘子，里面摆得满满的缅桂花！带着雨珠的缅桂花使我的心软软的，不是怀人，不是思乡。

雨，有时是会引起人一点淡淡的乡愁的。李商隐的《夜雨寄北》是为许多久客的游子而写的。我有一天在积雨少住的早晨和德熙从联大新校舍到莲花池去。看了池里的满池清水，看了着丘尼装的陈圆圆的石像

（传说陈圆圆随吴三桂到云南后出家，暮年投莲花池而死），雨又下起来了。莲花池边有一条小街，有一个小酒店，我们走进去，要了一碟猪头肉，半斤市酒（装在上了绿釉的土瓷杯里），坐了下来。雨下大了。酒店有几只鸡，都把脑袋反插在翅膀下面，一只脚着地，一动也不动地在檐下站着。酒店院子里有一架大木香花。昆明木香花很多。有的小河沿岸都是木香。但是这样大的木香却不多见。一棵木香，爬在架上，把院子遮得严严的。密匝匝的细碎的绿叶，数不清的半开的白花和饱涨的花骨朵，都被雨水淋得湿透了。我们走不了，就这样一直坐到午后。四十年后，我还忘不了那天的情味，写了一首诗：

莲花池外少行人，
野店苔痕一寸深。
浊酒一杯天过午，
木香花湿雨沉沉。

我想念昆明的雨。

昆明的花

茶花

张岱的文章里不止一次提到“滇茶一本”，云南茶花驰名久矣。茶花曾被选为云南省花。曾见过一本《云南茶花》照相画册，印制得很精美，大概就是那一年编印的。茶花品种很多，颜色、花形各异。滇茶为全国第一，在全世界也是有数的。这大概是因为云南的气候、土壤都与茶花特别相宜。

西山某寺（偶忘寺名）有一棵很大的红茶花。一棵茶花，占了大雄宝殿前的院子的一多半——寺庙的庭院都是很大的。花开时，至少有上百朵，花皆如汤碗口大。碧绿的厚叶子，通红的花头，使人不暇仔细观赏，只觉得烈烈轰轰的一大片，真是壮观。寺里的和尚怕树身负担不了那么多花头的重量，用杉木搭了很大的架子，支撑着四面的枝条。我一生没有看见过这样高大的茶花。

茶花的花期很长。我似乎没有见过一朵凋败在树上的茶花。这也是茶花的可贵之处。

汤显祖把他的居室命名为“玉茗堂”。俞平伯先生在一篇文章里说，玉茗是一种名贵的白茶花。我在《云南茶花》那本画册里好像没有发现“玉茗”这一名称。不过我相信云南是一定有玉茗的，也许叫做什么别的名字。

樱花

春雨既足，风和日暖，圆通公园樱花盛开。花开时，游人很多，蜜蜂也很多。圆通公园多假山，樱花就开在假山的上上下下。樱花无姿态，花形也平常，不耐细看，但是当得一个“盛”字。那么多的花，如同明霞绛雪，真是热闹！身在耀眼的花光之中，满耳是嗡嗡的蜜蜂声音，使人觉得有点晕晕乎乎的。此时人与樱花已经融为一体。风和日暖，人在花中，不辨为人为花。

兰花

曾到一位绅士家做客，——他的女儿是我们的同学。这位绅士曾经当过一任教育总长，多年闲居在家。每天除了看看报纸，研究在很远的地方进行的战争，谈谈中国的线装书和法国小说，剩下的嗜好是种兰花。他的客厅里摆着几十盆兰花。这间屋子仿佛已为兰花的香气所窨透，纱窗竹帘，无不带有淡淡的清香。屋里屋外都静极了。坐在这间客厅里，用细瓷盖碗喝着“滇绿”，看看披拂的兰叶，清秀素雅的兰花箭子，闻嗅着兰花的香气，真不知身在何世。

我的一位老师曾在呈贡桃园住过几年，他的房东也是爱种兰花的。隔了差不多四十年，这位先生还健在，已经是一位老者了。经过“文化大革命”，他的兰花居然能保存了下来。他的女儿要到北京来玩，劝说她父亲也到北京走走，老人不同意，他说：“我的这些兰花咋个整？”

缅桂花

昆明缅桂花多，树大，叶茂，花繁，每到雨季，一城都是缅桂花的浓香，我已于《昆明的雨》中说及，不复赘。

粉团花

粉团花即绣球。昆明人谓之“粉团”，亦有理致。

云南民歌：“阿妹好像粉团花”，用绣球花来比拟少女，别处的民歌里好像还未见过。于此可见云南绣球甚多，遍布城乡，所以歌手们能近取譬。

康乃馨·菖兰·夜来香

康乃馨昆明人谓之洋牡丹，菖兰即剑兰，夜来香在有的地方叫做晚香玉。这都是插瓶的花。康乃馨有红的、粉的、白的。菖兰的颜色更多，粉色的，白色的，黄色的，紫得发黑的。夜来香洁白如玉。昆明近日楼有一个很大的花市，卖花的把水灵灵的鲜花摊在一片芭蕉叶上卖。

鲜花皆烂贱。买一大把鲜花和称二斤青菜的价钱差不多。

美人蕉和波斯菊

波斯菊叶子极细碎轻柔，花粉紫色，单瓣，瓣极薄。微风吹拂，花叶动摇，如梦如烟。

我原以为波斯菊只有南方有，后来在张家口坝上沽源县的街头也看见了这种花，只是塞北少雨水，花开得不如昆明滋润。在沽源看见波斯菊使我非常惊喜，因为它使我一下子想起了昆明。

波斯菊真是从波斯传来的么？那么你是一位远客了。

昆明的美人蕉皆极壮大，花也大，浓红如鲜血。红花绿叶，对比鲜明。我曾到郊区一中学去看一个朋友，未遇。学校已经放了暑假，一个人没有，安安静静的，校园的花圃里一大片美人蕉赫然地开着鲜红鲜红的大花。我感到一种特殊的、颜色强烈的寂寞。

叶子花

叶子花别处好像是叫做三角梅，昆明人就老是不客气地叫它叶子花，因为它的花瓣和叶子完全一样，只是长条的顶端的十几撮花的颜色是紫红的，而下边的叶子是深绿的。青莲街拐角有一家很大的公馆，围墙的墙头上种的都是叶子花。墙头上种花，少有。

报春花

我想查一查报春花的资料。家里只有一本《辞海》。我相信《辞海》里是不会收这一条的。报春花不是名花。但我还是抱着姑且查查看的心情翻开了《辞海》，不料竟有！

> “报春花……一年生草本。叶基生，长卵形，顶端圆钝，基部楔形或心形，边缘有不整齐缺裂，缺裂具细锯齿，上面被纤毛，下面有白粉或疏毛。秋季开花，花高脚碟状，红色或淡紫色，伞形花序2～4轮，蒴果球形。多生于荒野、田边。原产我国云南、贵州。各地栽培，供观赏。”

不错，不错！就是它，就是它！难得是它把报春花描写得这样仔细。尤其使我欢喜的，是它告诉我云南是报春花的老家。

我在北京的一家花店里重遇报春花，栽在花盆里，标价一元一盆。我不禁笑了：这种东西也卖钱！我们在昆明市，到田边散步，一扯就是一大把！

生机

芋头

一九四六年夏天，我离开昆明去上海，途经香港。因为等船期，滞留了几天，住在一家华侨公寓的楼上。这是一家下等公寓，已经很敝旧了，墙壁多半没有粉刷过。住客是开机帆船的水手，跑澳门做鱿鱼、蠔油生意的小商人，准备到南洋开饭馆的厨师，还有一些说不清是什么身份的角色。这里吃住都是很便宜的。住，很简单，有一条席子，随便哪里都能躺一夜。每天两顿饭，米很白。菜是一碟炒通菜、一碟在开水里焯过的墨斗鱼脚，还顿顿如此。墨斗鱼脚，我倒爱吃，因为这是海味。——我在昆明七年，很少吃到海味。只是心情很不好。我到上海，想去谋一个职业，一点着落也没有，真是前途缈茫。带来的钱，买了船票，已经所剩无几。在这里又是举目无亲，连一个可以说说话的人都没有。我整天无所事事，除了到皇后道、德辅道去瞎逛，就是踅到走廊上去看水手、小商人、厨师打麻将。真是无聊呀。

我忽然发现了一个奇迹，一棵芋头！楼上的一侧，一个很大的阳台，阳台上堆着一堆煤块，煤块里竟然长出一棵芋头！大概不知是谁把一个不中吃的芋头随手扔在煤堆里，它竟然活了。没有土壤，更没有肥料，仅仅靠了一点雨水，它，长出了几片碧绿肥厚的大叶子，在微风里高高兴兴地摇曳着。在寂寞的羁旅之中看到这几片绿叶，我心里真是说不出的喜欢。

这几片绿叶使我欣慰，并且，并不夸张地说，使我获得一点生活的勇气。

豆芽

秦老九去点豆子。所有的田埂都点到了。——豆子一般都点在田埂的两侧，叫做“豆埂”，很少占用好地的。豆子不需要精心管理，任其自由生长。谚云：“懒媳妇种豆。”还剩下一把。秦老九懒得把这豆子带回去，就掀开路旁一块石头，把豆子撒到石头下面，说了一声：“去你妈的。”又把石头放下了。

过了一阵，过了谷雨，立夏了，秦老九到田头去干活，路过这块石头，他的眼睛瞪得像铃铛：石头升高了！他趴下来看看！豆子发了芽，一群豆芽把石头顶起来了。

“咦！”

刹那之间，秦老九成了一个哲学家。

长进树皮里的铁蒺藜

玉渊潭当中有一条南北的长堤，把玉渊潭隔成了东湖和西湖。堤中间有一水闸，东西两湖之水可通。东湖挨近钓鱼台。“四人帮”横行时期，沿东湖岸边拦了铁丝网。附近的老居民把铁丝网叫做铁蒺藜。铁丝网就缠在湖边的柳树干上，绕一个圈，用钉子钉死。东湖被圈禁起来了。湖里长满了水草，有成群的野鸭凫游，没有人。湖中的堤上还可以通过，也可以散散步，但是最好不要停留太久，更不能拍照。我的孩子有一次带了一个照相机，举起来对着钓鱼台方向比了比，马上走过来一个解放军，很严肃地说：“不许拍照！”行人从堤上过，总不禁要向钓鱼台看两眼，心里想：那里头现在在干什么呢？

“四人帮”粉碎后，铁丝网拆掉了。东湖解放了。岸上有人散步，遛鸟，湖里有了游船，还有人划着轮胎内带扎成的筏子撒网捕鱼，有人弹吉他、吹口琴、唱歌。住在附近的老人每天在固定的地方聚会闲谈。他们谈柴米油盐、男婚女嫁、玉渊潭的变迁……

但是铁蒺藜并没有拆净。有一棵柳树上还留着一圈。铁蒺藜勒得紧，柳树长大了，把铁蒺藜长进树皮里去了。兜着铁蒺藜的树皮愈合了。鼓出了一圈，外面还露着一截铁的毛刺。

有人问：“这棵树怎么啦？”

一个老人说：“铁蒺藜勒的！”

这棵柳树将带着一圈长进树皮里的铁蒺藜继续往上长，长得很大，很高。

云南茶花

很多地方在选市花，这是好事。想一想十年大乱时期，公园都成了菜园，现在真是大不相同了。选市花，说明人们有了闲情逸致。人有闲情逸致，说明国运昌隆。

有些市的市民对市花有不同意见，一时定不下来。昆明的市花是不会有争议的。如果市民投票，一定会一致通过：茶花。几十年前昆明就选过一次（那时别的市还没有选举市花之风）。现在再选，还会维持原议。

云南茶花，——滇茶，久负盛名。

张岱《陶庵梦忆·逍遥楼》云："滇茶故不易得，亦未有老其材八十余年者。朱文懿公逍遥楼滇茶，为陈海樵先生手植，扶疏蓊翳，老而愈茂。诸文孙恐其力不胜葩，岁删其萼盈斛，然所遗落枝头，犹自燔山熠谷焉。"

鲁迅说张岱的文章每多夸张。这一篇看起来也像有些夸张，但并不，而且写得极好，得滇茶之神理。

昆明西山某寺有一棵大茶花。走进山门，越过站着四大金刚的门道，一抬头便看见通红的一大片。是得抬头的，因为茶花非常高大。大雄宝殿前的石坪是很大的，这棵茶花几乎占了石坪的一小半。花皆如汤碗大，一朵一朵，像烧得炽旺的火球。张岱说滇茶“燔山熠谷”，是一点不错的。据说这棵茶花每年能开三百来朵。满树黑绿肥厚的大叶子衬托着，更显得热闹非常。这才叫做大红大绿。这样的大红大绿显出一种强壮的生命力。华贵之极，却毫不俗气。这是一个夺人眼目的大景致。如果我的同乡人来看了，一定会大叫一声“乖乖咙的咚！”我不知道寺里的和尚是不是也“岁删其萼盈斛”，但是他们是怕这棵茶花担负不起这样多的大花的，便搭了一个杉木的架子，撑着四围的枝条。昆明茶花到处都有，而该寺的这一棵，大概要算最大的。

茶花的好处是花大，色浓，花期长，而树本极能耐久。西山某寺的茶花大概已经不止八十年了。

江西井冈山一带有一个风俗。人家生了孩子，孩子过周岁时，亲戚朋友送礼，礼物上都要放一枝带叶子的油茶。油茶常绿，越冬不凋，而且开了花就结果；茶果未摘，接着就开花。这是取一个吉兆，祝福这孩子活得像油茶一样强健。一个很美的风俗。我不知道油茶和山茶有没有亲属关系，我在思想上是把它们归为一类的。凡茶之类，都很能活。

中国是茶花的故乡。茶花分为滇茶、浙茶。浙茶传到日本，又由日本传到美国。现在日本的浙茶比中国的好，美国的比日本的好。只有云南滇茶现在还是世界第一。

前几年，江西山里发现黄茶花，这是国宝。如果栽培成功，是可以换外汇的。

茶花女喜欢戴的是什么茶花？大概不是滇茶，滇茶太大。我想是浙茶。而且无端地觉得，是白的。

腊梅花

“雪花、冰花、腊梅花……”我的小孙女这一阵老是唱这首儿歌。其实她没有见过真的腊梅花，只是从我画的画上见过。

周紫芝《竹坡诗话》云：“东南之有腊梅，盖自近时始。余为儿童时，犹未之见。元祐间，鲁直诸公方有诗，前此未尝有赋此诗者。政和间，李端叔在姑溪，元夕见之僧舍中，尝作两绝，其后篇云：‘程氏园当尺五天，千金争赏凭朱栏。莫因今日家家有，便作寻常两等看。’观端叔此诗，可以知前日之未尝有也。”看他的意思，腊梅是从北方传到南方去的。但是据我的印象，现在倒是南方多，北方少见，尤其难见到长成大树的。我在颐和园藻鉴堂见过一棵，种在大花盆里，放在楼梯拐角处。因为不是开花的时候，绿叶披纷，没有人注意。和我一起住在藻鉴堂的几个搞剧本的同志，都不认识这是什么。

我的家乡有腊梅花的人家不少。我家的后园有四棵很大的腊梅。这四棵腊梅，从我记事的时候，就已经是那样大了。很可能是我的曾祖父在世的时候种的。这样大的腊梅，我以后在别处没有见过。主干有汤碗口粗细，并排种在一个砖砌的花台上。这四棵腊梅的花心是紫褐色的，按说这是名种，即所谓“檀心磬口”。腊梅有两种，一种是檀心的，一种是白心的。我的家乡偏重白心的，美其名曰“冰心腊梅”，而将檀心的贬为“狗心腊梅”。腊梅和狗有什么关系呢？真是毫无道理！因为它是狗心的，我们也就不大看得起它。

不过凭良心说，腊梅是很好看的。其特点是花极多，——这也是我们不太珍惜它的原因。物稀则贵，这样多的花，就没有什么稀罕了。每个枝条上都是花，无一空枝。而且长得很密，一朵挨着一朵，挤成了一串。这样大的四棵大腊梅，满树繁花，黄灿灿地吐向冬日的晴空，那样地热热闹闹，而又那样地安安静静，实在是一个不寻常的境界。不过我们已经司空见惯，每年都有一回。

每年腊月，我们都要折腊梅花。上树是我的事。腊梅木质疏松，枝条脆弱，上树是有点危险的。不过腊梅多枝杈，便于登踏，而且我年幼身轻，正是“一日上树能千回”的时候，从来也没有掉下来过。我的姐姐在下面指点着：“这枝，这枝！——哎，对了，对了！”我们要的是横斜旁出的几枝，这样的不蠢；要的是几朵半开，多数是骨朵的，这样可以在瓷瓶里养好几天——如果是全开的，几天就谢了。

下雪了，过年了。大年初一，我早早就起来，到后园选摘几枝全是骨朵的腊梅，把骨朵都剥下来，用极细的铜丝——这种铜丝是穿珠花用的，就叫做“花丝”，把这些骨朵穿成插鬓的花。我们县北门的城门口有一家穿珠花的铺子，我放学回家路过，总要钻进去看几个女工怎样穿珠花，我就用她们的办法穿成各式各样的腊梅珠花。我在这些腊梅珠子花当中嵌了几粒天竺果，——我家后园的一角有一棵天竺。黄腊梅、红天竺，我到现在还很得意：那是真很好看的。我把这些腊梅珠花送给我的祖母，送给大伯母，送给我的继母。她们梳了头，就插戴起来。然后，互相拜年。我应该当一个工艺美术师的，写什么屁小说！

紫薇

唐朝人也不是都能认得紫薇花的。《韵语阳秋》卷第十六："白乐天诗多说别花，如《紫薇花诗》云'除却微之见应爱，世间少有别花人'……今好事之家，有奇花多矣，所谓别花人，未之见也。鲍溶作《仙檀花诗》寄袁德师侍御，有'欲求御史更分别'之句，岂谓是邪？"这里所说的"别"是分辨的意思。白居易是能"别"紫薇花的，他写过至少三首关于紫薇的诗。

《韵语阳秋》云：

白乐天作中书舍人，入直西省，对紫薇花而有咏曰："丝纶阁下文章静，钟鼓楼中刻漏长。独坐黄昏谁是伴，紫薇花对紫薇郎。"后又云："紫薇花对紫薇翁，名目虽同貌不同，则此花之珍艳可知矣。"爪其本则枝叶俱动，俗谓之"不耐痒花"。自五月开至九月尚烂熳，俗又谓之"百日红"。唐人赋咏，未有及此二事者。本朝梅圣俞时注意此花。一诗赠韩子华，则曰"薄肤痒不胜轻爪，嫩干生宜近禁庐"；一诗赠王景彝，则曰

‘薄薄嫩肤搔鸟爪，离离碎叶剪城霞’，然皆著不耐痒事，而未有及百日红者。胡文恭在西掖前亦有三诗，其一云：“雅当翻药地，繁极曝衣天。”注云：“花至七夕犹繁。”似有百日红之意，可见当时此花之盛。省吏相传，咸平中，李昌武自别墅移植于此。晏元献尝作赋题于省中，所谓“得自羊墅，来从召园，有昔日之绛老，无当时之仲文”是也。

对于年轻的读者，需要作一点解释，“紫薇花对紫薇郎”是什么意思。紫薇郎亦作紫微郎，唐代官名，即中书侍郎。《新唐书·百官志二》注：“开元元年，改中书省曰紫薇省，中书令曰紫薇令。”白居易曾为中书侍郎，故自称紫薇郎。中书侍郎是要到宫里值班的，独自坐在办公室里，不免有些寂寞，但是这也不是一般人所能谋得到的差事，诗里又透出几分得意。“紫薇花对紫薇郎”，使人觉得有点罗曼蒂克，其实没有。不过你要是有一点罗曼蒂克的联想，也可以。石涛和尚画过一幅紫薇花，题的就是白居易的这首诗。紫薇颜色很娇，画面很美，更易使人产生这是一首情诗的错觉。

从《韵语阳秋》的记载，我们可以知道两件事。一是“爪其本则枝叶俱动”。紫薇的树干的外皮易脱落，露出里面的“嫩肤”，嫩肤上留下外皮脱落后留下的一片一片的青色和白色的云斑。用指甲搔搔树干的嫩肤，确实是会枝叶俱动的。宋朝人叫它“不耐痒花”，现在很多地方叫它“怕痒痒树”或“痒痒树”。这到底是什么道理，好像没有人解释过。二是花期甚长。这是夏天的花。胡文恭说它“繁极曝衣天”，白居易说它“独占芳菲当夏景，不将颜色托春风”。但是它“花至七夕犹繁”。我甚至在飘着小雪的天气，还看见一棵紫薇依然开着仅有的一穗红花！

我家的后园有一棵紫薇。这棵紫薇有年头了，主干有茶杯口粗，高过屋檐。一到放暑假，它开起花来，真是“繁”得不得了。紫薇花是六瓣的，但是花瓣皱缩，瓣边还有很多不规则的缺刻，所以根本分不清它是几瓣，只是碎碎叨叨的一球，当中还射出许多花须、花蕊。一个枝子上有很多朵花。一棵树上有数不清的枝子。真是乱。乱红成阵。乱成一团。简直像一群幼儿园的孩子放开了又高又脆的小嗓子一起乱嚷嚷。在乱哄哄的繁花之间还有很多赶来凑热闹的黑蜂。这种蜂不是普通的蜜蜂，个儿很大，有指头顶那样大，黑的，就是齐白石爱画的那种。我到现在还叫不出这是什么蜂。这种大黑蜂分量很重。它一落在一朵花上，抱住了花须，这一穗花就叫它压得沉了下来。它起翅飞去，花穗才挣回原处，还得哆嗦两下。

大黑蜂不像马蜂那样会做窠。它们也不像马蜂一样地群居，是单个生活的。在人家房檐的椽子下面钻一个圆洞，这就是它的家。我常常看见一个大黑蜂飞回来了，一收翅膀，钻进圆洞，就赶紧用一根细细的帐竿竹子捅进圆洞，来回地拧，它就在洞里嗯嗯地叫。我把竹竿一拔，啪地一声，它就掉到了地上。我赶紧把它捉起来，放进一个玻璃瓶里，盖上盖——瓶盖上用洋钉凿了几个窟窿。瓶子里塞了好些紫薇花。大黑蜂没有受伤，它只是摔晕过去了。过了一会，它缓醒过来了，就在花瓣之间乱爬。大黑蜂生命力很强，能活几天。我老幻想它能在瓶里待熟了，放它出去，它再飞回来。可是不知什么时候，它仰面朝天，死了。

紫薇原产于中国中部和南部。白居易诗云：“浔阳官舍双高树，兴善僧庭一大丛。何似苏州安置处，花堂栏下月明中。”这些都是偏南的地方。但是北方很早就有了，如长安。北京过去也有，但很少（北京人多不识紫薇）。近年北京大量种植，到处都是。街心花园几乎都有。选择这种花木来美化城市环境是很有道理的，因为它花繁盛，颜色多（多为胭脂红，也有紫色和白色的），花期长。但是似乎生长得很慢。密云水库大坝下的通道两侧，隔不远就有一棵紫薇。我每年夏天要到密云开一次会，年年到坝下散步，都看到这些紫薇。看了四年，它们好像还是那样大。

比起北京雨后春笋一样耸立起来的高楼，北京的花木的生长就显得更慢。因此，对花木要倍加爱惜。

淡淡秋光

秋葵·凤仙花·秋海棠

秋葵叶似鸡脚，又名鸡脚葵、鸡爪葵。花淡黄色，淡若无质，花瓣内侧近蒂处有檀色晕斑，花心浅白，柱头深紫。秋葵不是名花，然而风致楚楚。古人诗说秋葵似女道士，我觉得很像，虽然我从未见过一个女道士。

凤仙花有单瓣、复瓣。单瓣者多为水红色。复瓣者为深红、浅红、白色。复瓣者花似小牡丹，只是看不见花蕊。花谢，结小房如玉搔头。凤仙花极易活，子熟，花房裂破，子实落在泥土、砖缝里，第二年就会长出一棵一棵的凤仙花，不烦栽种。凤仙花可染指甲。凤仙花捣烂，少加矾，用花叶包于指尖，历一夜，第二天指甲就成了浅浅的红颜色。北京人即谓凤仙为“指甲花”。现在大概没有用凤仙花染指甲的了，除非偏远山区的女孩子。

我们那里的秋海棠只有一种，矮矮的草本，开浅红色四瓣的花，中缀黄色的花蕊如小绒球。像北京的银星海棠那样硬杆、大叶、繁花的品种是没有的。

我母亲生肺病后（那年我才三岁）移居在一小屋中，与家人隔离。她死后，这间小屋就成了堆放她生前所用家具什物的贮藏室。有时需要取用一件什么东西，我的继母就打开这间小屋，我也跟着进去看过。这间小屋外面有一小天井，靠墙有一个秋叶形的小花坛。花坛里开着一丛秋海棠。也没有人管它，它自开自落。我母亲没有给我留下什么记忆。我记得的只有两件事。一件是我父亲陪母亲乘船到淮安去就医，把我带在身边。船篷里挂了好些船家自腌的大头菜（盐腌的，白色，有点像南浔大头菜，不像云南的“黑芥”），我一直记着这大头菜的气味。另一件便是这丛秋海棠。我记住这丛秋海棠的时候，我母亲去世已经有两三年了。我并没有感伤情绪，不过看见这丛秋海棠，总会想到母亲去世前是住在这里的。

香橼·木瓜·佛手

我家的“花园”里实在没有多少花。花园里有一座“土山”。这“土山”不知是怎么形成的，是一座长长的隆起的土丘。“山”上只有一棵龙爪槐，旁枝横出，可以倚卧。我常常带了一块带筋的酱牛肉或一块榨菜，半躺在横枝上看小说，读唐诗。“山”的东麓有两棵碧桃，一红一白，春末开花极繁盛。“山”的正面却种了四棵香橼。我不知道我的祖父在开园堆山时为什么要栽了这样几棵树。这玩意就是“橘逾淮南则为枳”的枳（其实这是不对的，橘与枳自是两种）。这是很结实的树。

木质坚硬，树皮紧细光滑。叶片经冬不凋，深绿色。树枝有硬刺。春天开白色的花。花后结圆球形的果，秋后成熟。香橼不能吃，瓤极酸涩，很香，不过香得不好闻。凡花果之属有香气者，总要带点甜味才好，香橼的香气里却带有苦味。香橼很肯结，树上累累的都是深绿色的果子。香橼算是我家的“特产”，可以摘了送人。但似乎不受欢迎。没有什么用处，只好听它自己碧绿地垂在枝头。到了冬天，皮色变黄了，放在盘子里，摆在水仙花旁边，也还有点意思，其时已近春节了。总之，香橼不是什么佳果。

香橼皮晒干，切片，就是中药里的枳壳。

花园里有一棵木瓜，不过不大结。我们所玩的木瓜都是从水果摊上买来的。所谓“玩”就是放在衣口袋里，不时取出来，凑在鼻子跟前闻闻。那得是较小的，没有人在口袋里揣一个茶叶罐大小的木瓜的。木瓜香味很好闻。屋子里放几个木瓜，一屋子随时都是香的，使人心情恬静。

我们那里木瓜是不吃的。这东西那么硬，怎么吃呢？华南切为小薄片，制为蜜钱。厦门人是什么都可以做蜜饯的，加了很多味道奇怪的药料。昆明水果店将木瓜切为大片，泡在大玻璃缸里。有人要买，随时用筷子夹出两片。很嫩，很脆，很香。泡木瓜的水里不知加了什么，否则这木头一样的瓜怎么会变得如此脆嫩呢？中国人从前是吃木瓜的。《东京梦华录》载“木瓜水”，这大概是一种饮料。

佛手的香味也很好。不过我真不知道一个水果为什么要长得这么奇形怪状！佛手颜色嫩黄可爱。《红楼梦》贾母提到一个蜜蜡佛手，蜜蜡雕为佛手，颜色、质感都近似，设计这件摆设的工匠是个聪明人。蜜蜡不是很珍贵的玉料，但是能够雕成一个佛手那样大的蜜蜡却少见，贾府真是富贵人家。

佛手、木瓜皆可泡酒。佛手酒微有黄色，木瓜酒却是红色的。

橡栗

橡栗即“狙公赋茅”的茅，不知道为什么我们小时候却叫它“茅栗子”。这是“形近而讹”么？不过我小时候根本不认得这个“茅”字。橡即栎。我们也不认得“栎”字，只是叫它“茅栗子树”。我们那里茅栗子树极少，只有西门外小校场的西边有一棵，很大。到了秋天，茅栗子熟了，落在地下，我们就去捡茅栗子玩。茅栗有什么好玩的？形状挺有趣，有一点像一个小坛子，不过底是尖的。皮色浅黄，很光滑。如此而已。我们有时在它的像个小盖子似的蒂部扎一个小窟窿，插进半截火柴棍，成了一个“捻捻转”。用手一捻，它就在桌面上旋转，像一个小陀螺。如此而已。

小校场是很偏僻的地方，附近没有什么人家。有一回，我和几个女同学去捡茅栗子，天黑下来了，我们忽然有些害怕，就赶紧往城里走。路过一家孤零零的人家门外，门前站着一个岁数不大的人，说：“你们要茅栗子么？我家里有！”我们立刻感到：这是个坏人。我们没有搭理他，只是加快了脚步，拼命地走。我是同学里的唯一的男子汉，便像一个勇士似的走在最后。到了城门口，发现这个坏人没有跟上来，才松了一口气。当时的紧张心情，我过了很多年还记得。

梧桐

一叶落而知天下秋，梧桐是秋的信使。梧桐叶大，易受风。叶柄甚长，叶柄与树枝连接不很结实，好像是粘上去的。风一吹，树叶极易脱落。立秋那天，梧桐树本来好好的，碧绿碧绿，忽然一阵小风，嗖的一声，飘下一片叶子，无事的诗人吃了一惊：啊！秋天了！其实只是桐叶易落，并不是对于时序有特别敏感的“物性”。梧桐落叶早，但不是很快就落尽。《唐明皇秋夜梧桐雨》证明秋后梧桐还是有叶子的，否则雨落在光秃秃的枝干上，不会发出使多情的皇帝伤感的声音。据我的印象，梧桐大批地落叶，已是深秋，树叶已干，梧桐籽已熟。往往是一夜大风，第二天起来一看，满地桐叶，树上一片也不剩了。

梧桐籽炒食极香，极酥脆，只是太小了。

我的小学校园中有几棵大梧桐，大风之后，我们就争着捡梧桐叶。我们要的不是叶片，而是叶柄。梧桐叶柄末端稍稍鼓起，如一小马蹄。这个小马蹄纤维很粗，可以磨墨。所谓“磨墨”其实是在砚台上注了水，用粗纤维的叶柄来回磨蹭，把砚台上干硬的宿墨磨化了，可以写字了而已。不过我们都很喜欢用梧桐叶柄来磨墨，好像这样磨出的墨写出字来特别的好。一到梧桐落叶那几天，我们的书包里都有许多梧桐叶柄，好像这是什么宝贝。对于这样毫不值钱的东西的珍视，是可以不当一回事的么？不啊！这里凝聚着我们对于时序的感情。这是“俺们的秋天”。

人间草木

山丹丹

我在大青山挖到一棵山丹丹。这棵山丹丹的花真多。招待我们的老堡垒户看了看，说："这棵山丹丹有十三年了。"

"十三年了？咋知道？"

"山丹丹长一年，多开一朵花。你看，十三朵。"

山丹丹记得自己的岁数。

我本想把这棵山丹丹带回呼和浩特，想了想，找了把铁锹，把老堡垒户的开满了蓝色党参花的土台上刨了个坑，把这棵山丹丹种上了。问老堡垒户：

"能活？"

"能活。这东西，皮实。"

大青山到处是山丹丹，开七朵花、八朵花的，多的是。

山丹丹花开花又落，

一年又一年……

这支流行歌曲的作者未必知道，山丹丹过一年多开一朵花。唱歌的歌星就更不会知道了。

枸杞

枸杞到处都有。枸杞头是春天的野菜。采摘枸杞的嫩头，略焯过，切碎，与香干丁同拌，浇酱油醋香油；或入油锅爆炒，皆极清香。夏末秋初，开淡紫色小花，谁也不注意。随即结出小小的红色的卵形浆果，即枸杞子。我的家乡叫做狗奶子。

我在玉渊潭散步，在一个山包下的草丛里看见一对老夫妻弯着腰在找什么。他们一边走，一边搜索。走几步，停一停，弯腰。

“您二位找什么？”

“枸杞子。”

“有吗？”

老同志把手里一个罐头玻璃瓶举起来给我看，已经有半瓶了。

“不少！”

“不少！”

他解嘲似的哈哈笑了几声。

“您慢慢捡着！”

“慢慢捡着！”

看样子这对老夫妻是离休干部，穿得很整齐干净，气色很好。

他们捡枸杞子干什么？是配药？泡酒？看来都不完全是。真要是需要，可以托熟人从宁夏捎一点或寄一点来。——听口音，老同志是西北人，那边肯定会有熟人。

他们捡枸杞子其实只是玩！一边走着，一边捡枸杞子，这比单纯的散步要有意思。这是两个童心未泯的老人，两个老孩子！

人老了，是得学会这样的生活。看来，这二位中年时也是很会生活，会从生活中寻找乐趣的。他们为人一定很好，很厚道。他们还一定不贪权势，甘于淡泊。夫妻间一定不会为柴米油盐、儿女婚嫁而吵嘴。

从钓鱼台到甘家口商场的路上，路西，有一家的门头上种了很大的一丛枸杞，秋天结了很多枸杞子，通红通红的，礼花似的，喷泉似的垂挂下来，一个珊瑚珠穿成的华盖，好看极了。这丛枸杞可以拿到花会上去展览。这家怎么会想起在门头上种一丛枸杞？

槐花

玉渊潭洋槐花盛开，像下了一场大雪，白得耀眼。来了放蜂的人。蜂箱都放好了，他的“家”也安顿了。一个刷了涂料的很厚的黑色的帆布篷子。里面打了两道土堰，上面架起几块木板，是床。床上一卷铺盖。地上排着油瓶、酱油瓶、醋瓶。一个白铁桶里已经有多半桶蜜。外面一个蜂窝煤炉子上坐着锅。一个女人在案板上切青蒜。锅开了，她往锅里下了一把干切面。不大会儿，面熟了，她把面捞在碗里，加了作料、撒上青蒜，在一个碗里舀了半勺豆瓣。一人一碗。她吃的是加了豆瓣的。

蜜蜂忙着采蜜，进进出出，飞满一天。

我跟养蜂人买过两次蜜，绕玉渊潭散步回来，经过他的棚子，大都要在他门前的树墩上坐一坐，抽一支烟，看他收蜜，刮蜡，跟他聊两句，彼此都熟了。

这是一个五十岁上下的中年人，高高瘦瘦的，身体像是不太好，他做事总是那么从容不迫，慢条斯理的。样子不像个农民，倒有点像一个农村小学校长。听口音，是石家庄一带的。他到过很多省。哪里有鲜花，就到哪里去。菜花开的地方，玫瑰花开的地方，苹果花开的地方，枣花开的地方。每年都到南方去过冬，广西、贵州。到了春暖，再往北返。我问他是不是枣花蜜最好，他说是荆条花的蜜最好。这很出乎我的意外。荆条是个不起眼的东西，而且我从来没有见过荆条开花，想不到荆条花蜜却是最好的蜜。我想他每年收入应当不错。他说比一般农民要好一些，但是也落不下多少：蜂具，路费；而且每年要赔几十斤白糖——蜜蜂冬天不采蜜，得喂它糖。

女人显然是他的老婆。不过他们岁数相差太大了。他五十了，女人也就是三十出头。而且，她是四川人，说四川话。我问他：你们是怎么认识的？他说：她是新繁县人。那年他到新繁放蜂，认识了。她说北方的大米好吃，就跟来了。

有那么简单？也许她看中了他的脾气好，喜欢这样安静平和的性格？也许她觉得这种放蜂生活，东南西北到处跑，好耍？这是一种农村式的浪漫主义。四川女孩子做事往往很洒脱，想咋个就咋个，不像北方女孩子有那么多考虑。他们结婚已经几年了。丈夫对她好，她对丈夫也很体贴。她觉得她的选择没有错，很满意，不后悔。我问养蜂人：她回去过没有？他说：回去过一次，一个人，他让她带了两千块钱，她买了好些礼物送人，风风光光地回了一趟新繁。

一天，我没有看见女人，问养蜂人，她到哪里去了。养蜂人说："到我那大儿子家去了，去接我那大儿子的孩子。"他有个大儿子，在北京工作，在汽车修配厂当工人。

她抱回来一个四岁多的男孩，带着他在棚子里住了几天。她带他到甘家口商场买衣服，买鞋，买饼干，买冰糖葫芦。男孩子在床上玩鸡啄米，她靠着被窝用勾针给他勾一顶大红的毛线帽子。她很爱这个孩子。这种爱是完全非功利的，既不是讨丈夫的欢心，也不是为了和丈夫的儿子一家搞好关系。这是一颗很善良，很美的心。孩子叫她奶奶，奶奶笑了。

过了几天，她把孩子又送了回去。

过了两天，我去玉渊潭散步，养蜂人的棚子拆了，蜂箱集中在一起。等我散步回来，养蜂人的大儿子开来一辆卡车，把棚柱、木板、煤炉、锅碗和蜂箱装好，养蜂人两口子坐上车，卡车开走了。

玉渊潭的槐花落了。

岁朝清供

“岁朝清供”是中国画家爱画的画题。明清以后画这个题目的尤其多。任伯年就画过不少幅。画里画的、实际生活里供的，无非是这几样：天竹果、腊梅花、水仙。有时为了填补空白，画里加两个香橼。“橼”谐音圆，取其吉利。水仙、腊梅、天竹，是取其颜色鲜丽。隆冬风厉，百卉凋残，晴窗坐对，眼目增明，是岁朝乐事。

我家旧园有腊梅四株，主干粗如汤碗，近春节时，繁花满树。这几棵腊梅磬口檀心，本来是名贵的，但是我们那里重白心而轻檀心，称白心者为“冰心”，而给檀心的起一个不好听的名字：“狗心”。我觉得狗心腊梅也很好看。初一一早，我就爬上树去，选择一大枝——要枝子好看，花蕾多的，拗折下来——腊梅枝脆，极易折，插在大胆瓶里。这枝腊梅高可三尺，很壮观。天竹我们家也有一棵，在园西墙角。不知道为什么总是长不大，细弱伶仃，结果也少。我不忍心多折，只是剪两三穗，插进胆瓶，为腊梅增色而已。

我走过很多地方，像我们家那样粗壮的腊梅还没有见过。

在安徽黟县参观古民居，几乎家家都有两三丛天竹。有一家有一棵天竹，结了那么多果子，简直是岂有此理！而且颜色是正红，——一般天竹果都偏一点紫。我驻足看了半天，已经走出门了，又回去看了一会。大概黟县土壤气候特宜天竹。

在杭州茶叶博物馆，看见一个山坡上种了一大片天竹。我去时不是结果的时候，不能断定果子是什么颜色的，但看梗干枝叶都作深紫色，料想果子也是偏紫的。

任伯年画天竹，果极繁密。齐白石画天竹，果较疏；粒大，而色近朱红，叶亦不作羽状。或云此别是一种，湖南人谓之草天竹，未知是否。

养水仙得会“刻”，否则叶子长得很高，花弱而小，甚至花未放蕾即枯瘪。但是画水仙都还是画完整的球茎，极少画刻过的，即福建画家郑乃珖也不画刻过的水仙。刻过的水仙花美，而形态不入画。

北京人家春节供腊梅、天竹者少，因不易得。富贵人家常在大厅里摆两盆梅花（北京谓之“干枝梅”，很不好听），在泥盆外加开光丰彩或景泰蓝套盆，很俗气。

穷家过年，也要有一点颜色。很多人家养一盆青蒜。这也算代替水仙了吧。或用大萝卜一个，削去尾，挖去肉，空壳内种蒜，铁丝为箍，以线挂在朝阳的窗下，蒜叶碧绿，萝卜皮通红，萝卜缨翻卷上来，也颇悦目。

广州春节有花市，四时鲜花皆有。曾见刘旦宅画“广州春节花市所见”，画的是一个少妇的背影，背兜里背着一个娃娃，右手抱一大束各种颜色的花，左手拈花一朵，微微回头逗弄娃娃，少妇着白上衣，银灰色长裤，身材很苗条。穿浅黄色拖鞋。轻轻两笔，勾出小巧的脚跟。很美。这幅画最动人之处，正在脚跟两笔。

这样鲜艳的繁花，很难说是“清供”了。

曾见一幅旧画：一间茅屋，一个老者手捧一个瓦罐，内插梅花一枝，正要放到案上，题目：“山家除夕无他事，插了梅花便过年。”这才真是“岁朝清供”！

花

荷花

我们家每年要种两缸荷花，种荷花的藕不是吃的藕，要瘦得多，节间也长，颜色黄褐，叫做“藕秋子”。在缸底铺一层马粪，厚约半尺，把藕秋子盘在马粪上，倒进多半缸河泥，晒几天，到河泥坼裂有缝，倒两担水，将平缸沿。过个把星期，就有小荷叶嘴冒出来。过几天荷叶长大了，冒出花骨朵了。荷花开了，露出嫩黄的小莲蓬，很多很多花蕊。清香清香的。荷花好像说：“我开了。”

荷花到晚上要收朵。轻轻地合成一个大骨朵。第二天一早，又放开，荷花收了朵，就该吃晚饭了。

下雨了。雨打在荷叶上啪啪地响。雨停了，荷叶面上的雨水水银似的摇晃。一阵大风，荷叶倾倒，雨水流泻下来。

荷叶的叶面为什么不沾水呢?

荷叶粥和荷叶粉蒸肉都很好吃。

荷叶枯了。

下大雪，荷叶缸中落满了雪。

报春花，毋忘我

昆明报春花到处都有。圆圆的小叶子，柔软的细梗子，淡淡的紫红色的成簇的小花，由梗的两侧开得满满的，谁也不把它当作“花”。连根挖起来，种在浅盆里，能活。这就是翻译小说里常常提到的樱草。

偶然在北京的花店里看到十多盆报春花，种在青花盆里，标价相当贵，不禁失笑。昆明人如果看到，会说：“这也卖？”

Forget-me-not——毋忘我，名字很有诗意，花实在并不好看。草本，矮棵，几乎是贴地而生的。抽条颇多，一丛一丛的。灰绿色的布做的似的皱皱的叶子。花甚小，附茎而开，颜色正蓝。蓝色很正，就像国画颜色中的“三蓝”。花里头像这样纯正的蓝色的还很少见，——一般蓝色的花都带点紫。

为什么西方人把这种花叫做forget-me-not呢？是不是思念是蓝色的。

昆明人不管它什么毋忘我，什么forget-me-not，叫它“狗屎花”！

这叫西方的诗人知道，将谓大煞风景。

绣球

绣球，周天民编绘的《花卉画谱》上说：

绣球，虎儿草科，落叶灌木，高达一、二丈，干皮带皱。叶大椭圆形，边缘有锯齿。春月开花，百朵成簇，如球状而肥大。小花五出深裂，瓣端圆，有短柄，其色有淡紫、红、白。百株成簇，俨如玉屏。

我如终没有分清绣球花的小花到底是几瓣，只觉得是分不清瓣的一个大花球。我偶尔画绣球，也是以意为之的画了很多簇在一起的花瓣，哪一瓣属于哪一朵小花，不管它！

绣球花是很好养的，不需要施肥，也不要浇水，不用修枝，也少长虫，到时候就开出一球一球很大的花，白得像雪，非常灿烂。这花是不耐细看的，只是赫然的在你眼前轻轻摇晃。

我以前看过的绣球都是白的。

我有个堂房的小姑妈——她比我才大一岁。绣球花开的时候，她就折了几大球，插在一个白瓷瓶里，她在花下面写小字。

她是订过婚的。

听说她婚后的生活很不幸，我那位姑父竟至动手打她。

前年听说，她还在，胖得不得了。

绣球花云南叫做“粉团花”。民歌里有用粉团花来形容女郎长得好看的。用粉团花来形容女孩子，别处的民歌似还没有见过。

我看过的最好的绣球是在泰山。泰山人养绣球是一种风气。一个茶馆里的院子里的石凳上放着十来盆绣球，开得极好。盆面一层厚厚的喝剩的茶叶。是不是绣球宜浇残茶？泰山盆栽的绣球花头较小，花瓣较厚，瓣作豆绿色。这样的绣球是可以细看的。

杜鹃花

淡淡的三月天，
杜鹃花开在山坡上，
杜鹃花开在小溪旁，
多美丽哦，
乡村家的小姑娘，
乡村家的小姑娘。

这是抗日战争期间昆明的小学生很爱唱的一首歌。董林肯词，徐守廉曲。这是一首曲调明快的抒情歌，很好听。不单小学生爱唱，中学生也爱唱，大学生也有爱唱的，因为一听就记住了。

董林肯和徐守廉是同济大学的学生，原来都是育才中学毕业的。育才中学是全面培养学生才能的，而且是实行天才教育的学校。学生多半有艺术修养。董林肯、徐守廉都是学工的（同济大学是工科大学），但都对艺术有很虔诚的兴趣，因此能写词谱曲。

我是怎么认识他们俩的呢？因为董林肯主办了班台莱夫的《表》的演出，约我去给演员化装，我到同济大学的宿舍里去见他们，认识了。那时在昆明，只要有艺术上的共同爱好，有人一介绍，就会熟起来的。

董林肯为什么要主持《表》的演出？我想是由于在昆明当时没有给

孩子看的戏。他组织这次演出是很辛苦的，而且演戏总有些叫人头疼的事，但是还是坚持了下来。他不图什么，只是因为有一颗班台莱夫一样的爱孩子的心。

我记得这个戏的导演是劳元干。演员里我记得演监狱看守的，是刺杀孙传芳的施剑翘的弟弟，他叫施什么我已经忘记了。他是个身材魁梧的胖子。我管化装，主要是给他贴一个大仁丹胡子。

有当时有中国秀兰邓波儿之称的小明星，长大后曾参与搜集整理《阿诗玛》，现在写小说、散文的女作家刘绮。有一次，不知为什么，剧团内部闹了意见，戏几乎开不了场，刘绮在后台大哭。刘绮一哭，事情就解决了。

刘绮，有这回事么？

前几年我重到昆明，见到刘绮。她还能看出一点小时候的模样。不过，听说已经当了奶奶了。

不知道为什么，我有时还会想起董林肯和徐守廉。我觉得这是两个对艺术的态度极其纯真，像我前面所说的，虔诚的人。他们身上没有一点明星气、流氓气。这是两个通身都是书卷气的搞艺术的人。

淡淡的三月天，
杜鹃花开在山坡上，
杜鹃花开在小溪旁……

木香花

我的舅舅家有一架木香花。木香花开，我们就揪下几撮，——木香柄长，似海棠，梗蒂着枝，一揪，可揪下一撮，养在浅口瓶里，可经数日。

木香亦称“锦栅儿”，枝条甚长。从运河的御码头上船，到快近车逻，有一段，两岸全是木香，枝条伸向河上，搭成了一个长约一里的花棚。小轮船从花棚下开过，如同仙境。

前几年我回故乡一次，说起这一段运河两岸的木香花棚，谁也不知道。我有点怀疑：我是不是做梦？

昆明木香花极多。观音寺南面，有一道水渠，渠的两沿，密密地长了木香。

我和朱德熙曾于大雨少歇之际，到莲花池闲步。雨又下起来了，我们赶快到一个小酒馆避雨。要了两杯市酒（昆明的绿陶高杯，可容三两），一碟猪头肉，坐了很久。连日下雨，墙脚积苔甚厚。檐下的几只鸡都缩着一脚站着，天井里有很大的一棚木香花，把整个天井都盖满了。木香的花、叶、花骨朵，都被雨水湿透，都极肥壮。

四十年后，我写了一首诗，用一张毛边纸写成一个斗方，寄给德熙：

莲花池外少行人，
野店苔痕一寸深。
浊酒一杯天过午，

木香花湿雨沉沉。

德熙很喜欢这幅字，叫他的儿子托了托，配一个框子，挂在他的书房里。

德熙在美国病逝快半年了，这幅字还挂在他在北京的书房里。

夏天

夏天的早晨真舒服。空气很凉爽，草尖还挂着露水（蜘蛛网上也挂着露水）。写大字一张，读古文一篇。夏天的早晨真舒服。

凡花大都是五瓣，栀子花却是六瓣。山歌云："栀子花开六瓣头。"栀子花粗粗大大，色白，近蒂处微绿，极香，香气简直有点叫人受不了，我的家乡人说是："碰鼻子香"。栀子花粗粗大大，又香得掸都掸不开，于是为文雅人不取，以为品格不高。栀子花说："去你妈的，我就是要这样香，香得痛痛快快，你们他妈的管得着吗！"

人们往往把栀子花和白兰花相比。苏州姑娘串街卖花，娇声叫卖："栀子花！白兰花！"白兰花花朵半开，娇娇嫩嫩，如象牙白玉，香气文静，但有点甜俗，为上海长三堂子的"倌人"所喜，因为听说白兰花要到夜间枕上才格外地香。我觉得红"倌人"的枕上之花，不如船娘髻边花更为刺激。

夏天的花里最为幽静的是珠兰。

牵牛花短命。早晨沾露才开，午时即已萎谢。

秋葵也命薄。瓣淡黄，白心，心外有紫晕。风吹薄瓣，楚楚可怜。

凤仙花有单瓣者，有重瓣者。重瓣者如小牡丹，凤仙花茎粗肥，湖南人用以腌“臭咸菜”，此吾乡所未有。

马齿苋、狗尾巴草、益母草，都长得非常旺盛。

淡竹叶开浅蓝色小花，如小蝴蝶，很好看。叶片微似竹叶而较柔软。

“万把钩”即苍耳。因为结的小果上有许多小钩，碰到它就会挂在衣服上，得小心摘去。所以孩子叫它“万把钩”。

我们那里有一种“巴根草”，贴地而长，见缝扎根，一棵草蔓延开来，长了很多根，横的，竖的，一大片。而且非常顽强，拉扯不断。很小的孩子就会唱：

巴根草，
绿茵茵，
唱个唱，
把狗听。

最讨厌的是“臭芝麻”。掏蟋蟀、捉金铃子，常常沾了一裤腿。其臭无比，很难除净。

西瓜以绳络悬之井中，下午剖食，一刀下去，喀嚓有声，凉气四溢，连眼睛都是凉的。

天下皆重“黑籽红瓤”，吾乡独以“三白”为贵：白皮、白瓤、白籽。“三白”以东墩产者最佳。

香瓜有：牛角酥，状似牛角，瓜皮淡绿色，刨去皮，则瓜肉浓绿，籽赤红，味浓而肉脆，北京亦有，谓之“羊角蜜”；虾蟆酥，不甚甜而脆，嚼之有黄瓜香；梨瓜，大如拳，白皮，白瓤，生脆有梨香；有一种较大，皮色如虾蟆，不甚甜，而极“面”，孩子们称之为“奶奶哼”，说奶奶一边吃，一边“哼”。

蝈蝈，我的家乡叫做“叫蛐子”。叫蛐子有两种。一种叫“侉叫蛐子”。那真是“侉”，跟一个小驴子似的，叫起来“咶咶咶咶”很吵人。喂它一点辣椒，更吵得厉害。一种叫“秋叫蛐子”，全身碧绿如玻璃翠，小巧玲珑，鸣声亦柔细。

别出声，金铃子在小玻璃盒子里爬哪！它停下来，吃两口食——鸭梨切成小骰子块。它叫了：“丁铃铃铃”……

乘凉。

搬一张大竹床放在天井里，横七竖八一躺，浑身爽利，暑气全消。看月华。月华五色晶莹，变幻不定，非常好看。月亮周围有了一个模模糊糊的大圆圈，谓之“风圈”，近几天会刮风。“乌猪子过江了”——黑云漫过天河，要下大雨。

一直到露水下来，竹床子的栏杆都湿了，才回去，这时已经很困了，才沾藤枕（我们那里夏天都枕藤枕或漆枕），已入梦乡。

鸡头米老了，新核桃下来了，夏天就快过去了。

果园的收获

这是一个地区性的综合的农业科学研究所的供实验研究用的果园，规模不大，但是水果品种颇多。有些品种是外面见不到的。

山西、张家口一带把苹果叫果子。不是所有的水果都叫果子，只有苹果叫果子。有个山西梆子唱“红”（即老生）的演员叫丁果仙，山西人称她为“果子红”（她是女的）。山西人非常喜爱果子红，听得过瘾，就大声喊叫：“果果！”这真是有点特别，给演员喝彩，不是鼓鼓掌或是叫一声“好”而是大叫“果果”！我还没有见过。叫“果果”，大概因为丁果仙的嗓音唱法甜、美、脆、浓。

这个实验果园一般的苹果都有，有的品种，黄元帅、金皇后、黄魁、红香蕉……这些都比较名贵，但我觉得都有点贵族气，果肉过于细腻，而且过于偏甜。水果品种栽培各论，记录水果的特点，大都说是“酸甜合度”，怎么叫“合度”，很难捉摸。我比较喜欢的是国光、红玉，因为它有点酸头。我更喜欢国光，因为果肉脆，一口咬下去，嘎叭一声，而且耐保鲜，因为果皮厚，果汁不易蒸发。秋天收的国光，储存到过春节，从地窖里取出来，还是像新摘的一样。

我在果园劳动的时候，“红富士”还没有，后来才引进推广。“红富士”固自佳，现在已经高居苹果的榜首。

有人警告过我，在太原街上，千万不能说果子红不好。只要说一句，就会招了一大群人围上来和你辩论。碰不得的！

果园品种最多的是葡萄，大概有四十几种。“柔丁香”、“白香蕉”是名种。“柔丁香”有丁香香味，“白香蕉”味如香蕉。这在市面上买不到，是每年留下来给“首长”送礼的。有些品种听名字就知道是从国外引进的：“黑罕”、“巴勒斯坦”、“白拿破仑”……有些最初也是外来的（葡萄本都是外来的，但在中国落户已久，曹操就作文赞美过葡萄），日子长了，名字也就汉化了，如“大粒白”、“马奶子”、“玫瑰香”，甚至连它们的谱系也难于查考了。葡萄的果粒大小形状各异。“玫瑰香”的果枝长，显得披头散发；有一种葡萄，我忘记了叫什么名字了，果粒小而密集，一粒一粒挤得紧紧的，一穗葡萄像一个白马牙老玉米棒子。葡萄里我最喜欢的还是玫瑰香，确实有一股玫瑰花的香味，一口浓甜。现在市上能买到的“玫瑰香”已退化失真。

葡萄喜肥，喜水。施的肥是大粪。挨着葡萄根，在后面挖一个长槽，把粪倒入进去。一棵大葡萄得倒三四桶，小棵的一桶也够了。“农家肥”之外，还得下人工肥，硫铵。葡萄喝水，像小孩子喝奶一样，使劲地嘬。葡萄藤中通有小孔，水可从地面一直吮到藤顶，你简直可以听到它吸水的声音。喝足了水，用小刀划破它一点皮，水就从皮破处沁出滴下。一般果树浇水，都是在树下挖一个“树碗”，浇一两担水就足矣，葡萄则是“漫灌”。这家伙，真能喝水！

有一年，结了一串特大的葡萄，“大粒白”。大粒白本来就结得多，多的可达七八斤。这串大粒白竟有二十四五斤。原来是一个技术员把两穗“靠接”在一起了。这串葡萄只能作展览用。大粒白果大如乒乓球，但不好吃。为了给这串葡萄增加营养，竟给它注射了葡萄糖！给葡萄注射葡萄糖，这简直是胡闹。这是大跃进那年的事。“大跃进”整个是一场胡闹。

葡萄一天一个样，一天一天接近成熟，再给它透透地浇一次水，喷一次波尔多液（葡萄要喷多次波尔多液——硫酸铜兑石灰水，为了防治病害），给它喝一口“离娘奶”，备齐了果筐、剪子，就可以收葡萄了。葡萄装筐，要压紧。得几个壮汉跳上去压。葡萄不怕压，怕压不紧，怕松。装筐装松了，一晃，就会破皮掉粒。水果装筐都是这样。

最怕葡萄收获的时候下雹子。有一年，正在葡萄透熟的时候下了一场很大的雹子，“蛋打一条线”——山西、张家口称雹子为“冷蛋”，齐刷刷地把整园葡萄都打落下来，满地狼藉，不可收拾。干了一年，落得这样的结果，真是叫人伤心。

梨之佳种为“二十世纪明月”，为“日面红”。“二十世纪明月”个儿不大，果皮玉色，果肉细，无渣，多汁，果味如蜜。“日面红”朝日的一面色如胭脂，背阳的一面微绿，入口酥脆。其他大部分是鸭梨。

杏树不甚为人重视，只于地头、“四基”、水边、路边种之。杏怕风。一树杏花开得正热闹，一阵大风，零落殆尽。农科所杏多为黄杏，“香白杏”、“杏儿——吧哒”没有。

我一九五八年在果园劳动，距今已经三十八年。前十年曾到农科所看了看，熟人都老了。在渠沿碰到张素花和刘美兰，我们以前是天天在一起劳动的。我叫她们，刘美兰手搭凉篷，眯了眼，问：“是不是个老汪？”问刘美兰现在还老跟丈夫打架吗（两口子过去老打），她说：“偓（她是柴沟堡人，‘我’字念成偓）都当了奶奶了！”

日子过得真快。

北京的秋花

桂花

桂花以多为胜。《红楼梦》薛蟠的老婆夏金桂家“单有几十顷地种桂花”，人称“桂花夏家”。“几十顷地种桂花”，真是一个大观！四川新都桂花甚多。杨升庵祠在桂湖，环湖植桂花，自山坡至水湄，层层叠叠，都是桂花。我到新都谒升庵祠，曾作诗：

桂湖老桂发新枝，
湖上升庵旧有祠。
一种风流谁得似，
状元词曲罪臣诗。

杨升庵是才子，以一甲一名中进士，著作有七十种。他因“议大礼”获罪，充军云南，七十余岁，客死于永昌。陈老莲曾画过他的像，

“醉则簪花满头”，面色酡红，是喝醉了的样子。从陈老莲的画像看，升庵是个高个儿的胖子。但陈老莲恐怕是凭想象画的，未必即像升庵。新都人为他在桂湖建祠，升庵死若有知，亦当欣慰。

北京桂花不多，且无大树。颐和园有几棵，没有什么人注意。我曾在藻鉴堂小住，楼道里有两棵桂花，是种在盆里的，不到一人高！

我建议北京多种一点桂花。桂花美阴，叶坚厚，入冬不凋。开花极香浓，干制可以做元宵馅、年糕。既有观赏价值，也有经济价值，何乐而不为呢？

菊花

秋季广交会上摆了很多盆菊花。广交会结束了，菊花还没有完全开残。有一个日本商人问管理人员：“这些花你们打算怎么处理？”答云：“扔了！”——“别扔，我买。”他给了一点钱，把开得还正盛的菊花全部包了，订了一架飞机，把菊花从广州空运到日本，张贴了很大的海报：“中国菊展。”卖门票，参观的人很多。他捞了一大笔钱。这件事叫我有两点感想：一是日本商人真有商业头脑，任何赚钱的机会都不放过，我们的管理人员是老爷，到手的钱也抓不住。二是中国的菊花好，能得到日本人的赞赏。

中国人长于艺菊，不知始于何年，全国有几个城市的菊花都负盛名，如扬州、镇江、合肥，黄河以北，当以北京为最。

菊花品种甚多，在众多的花卉中也许是最多的。

首先，有各种颜色。最初的菊大概只有黄色的。“鞠有黄华”、“零落黄花满地金”，“黄华”和菊花是同义词。后来就发展到什么颜色都有了。黄色的、白色的、紫的、红的、粉的，都有。挪威的散文家别伦·别尔生说各种花里只有菊花有绿色的，也不尽然，牡丹、芍药、月季都有绿的，但像绿菊那样绿得像初新的嫩蚕豆那样，确乎是没有。我几年前回乡，在公园里看到一盆绿菊，花大盈尺。

其次，花瓣形状多样，有平瓣的、卷瓣的、管状瓣的。在镇江焦山见过一盆“十丈珠帘”，细长的管瓣下垂到地，说“十丈”当然不会，但三四尺是有的。

北京菊花和南方的差不多，狮子头、蟹爪、小鹅、金背大红……南北皆相似，有的连名字也相同。如一种浅红的瓣，极细而卷曲如一头乱发的，上海人叫它“懒梳妆”，北京人也叫它“懒梳妆”，因为得其神韵。

有些南方菊种北京少见。扬州人重“晓色”，谓其色如初日晓云，北京似没有。“十丈珠帘”，我在北京没见过。“枫叶芦花”，紫平瓣，有白色斑点，也没有见过。

我在北京见过的最好的菊花是在老舍先生家里。老舍先生每年要请北京市文联、文化局的干部到他家聚聚，一次是腊月，老舍先生的生日（我记得是腊月二十三）；一次是重阳节左右，赏菊。老舍先生的哥哥很会莳弄菊花。花很鲜艳；菜有北京特点（如芝麻酱炖黄花鱼、“盒子菜”）；酒“敞开供应”，既醉既饱，至今不忘。

我不赞成搞菊山菊海，让菊花都按部就班，排排坐，或挤成一堆，闹闹嚷嚷。菊花还是得一棵一棵地看，一朵一朵地看。更不赞成把菊花缚扎成龙、成狮子，这简直是糟蹋了菊花。

秋葵·鸡冠·凤仙·秋海棠

秋葵我在北京没有见过，想来是有的。秋葵是很好种的，在篱落、石缝间随便丢几个种子，即可开花。或不烦人种，也能自己开落。花瓣大、花浅黄，淡得近乎没有颜色，瓣有细脉，瓣内侧近花心处有紫色斑。秋葵风致楚楚，自甘寂寞。不知道为什么，秋葵让我想起女道士。秋葵亦名鸡脚葵，以其叶似鸡爪。

我在家乡县委招待所见一大丛鸡冠花，高过人头，花大如扫地笤帚，颜色深得吓人一跳。北京鸡冠花未见有如此之粗野者。

凤仙花可染指甲，故又名指甲花。凤仙花捣烂，少入矾，敷于指尖，即以凤仙叶裹之，隔一夜，指甲即红。凤仙花茎可长得很粗，湖南人或以入臭坛腌渍，以佐粥，味似臭苋菜秆。

秋海棠北京甚多，齐白石喜画之。齐白石所画，花梗颇长，这在我家那里叫做“灵芝海棠”。诸花多为五瓣，惟秋海棠为四瓣。北京有银星海棠，大叶甚坚厚，上洒银星，秆亦高壮，简直近似木本。我对这种孙二娘似的海棠不大感兴趣。我所不忘的秋海棠总是伶仃瘦弱的。我的生母得了肺病，怕“过人”——传染别人，独自卧病，在一座偏房里，我们都叫那间小屋为“小房”。她不让人去看她，我的保姆要抱我去让她看看，她也不同意。因此我对我的母亲毫无印象。她死后，这间“小房”成了堆放她的嫁妆的储藏室，成年锁着。我的继母偶尔打开，取一两件东西，我也跟了进去。“小房”外面有一个小天井，靠墙有一个秋叶形的小花坛，不知道是谁种了两三棵秋海棠，也没有人管它，它在秋天竟也开花。花色苍白，样子很可怜。不论在哪里，我每看到秋海棠，总要想起我的母亲。

黄栌 · 爬山虎

霜叶红于二月花。

西山红叶是黄栌，不是枫树。我觉得不妨种一点枫树，这样颜色更丰富些。日本枫娇红可爱，可以引进。

近年北京种了很多爬山虎，入秋，爬山虎叶转红。

沿街的爬山虎红了，

北京的秋意浓了。

草木春秋

木芙蓉

浙江永嘉多木芙蓉。市内一条街边有一棵，干粗如电线杆，高近二层楼，花多而大，他处少见。楠溪江边的村落，村外、路边的茶亭（永嘉多茶亭，供人休息、喝茶、聊天）檐下，到处可以看见芙蓉。芙蓉有一特别处，红白相间。初开白色，渐渐一边变红，终至整个的花都是桃红的。花期长，掩映于手掌大的浓绿的叶丛中，欣然有生意。

我曾向永嘉市领导建议，以芙蓉为永嘉市花，市领导说永嘉已有市花，是茶花。后来听说温州选定茶花为温州市花，那么永嘉恐怕得让一让。永嘉让出茶花，永嘉市花当另选。那么，芙蓉被选中，还是有可能的。

永嘉为什么种那么多木芙蓉呢？问人，说是为了打草鞋。芙蓉的树皮很柔韧结实，剥下来撕成细条，打成草鞋，穿起来很舒服，且耐走长路，不易磨通。

现在穿树皮编的草鞋的人很少了，大家都穿塑料凉鞋、旅游鞋。但是到处都还在种木芙蓉，这是一种习惯。于是芙蓉就成了永嘉城乡一景。

南瓜子豆腐和皂角仁甜菜

在云南腾冲吃了一道很特别的菜。说豆腐脑不是豆腐脑，说鸡蛋羹不是鸡蛋羹。滑、嫩、鲜，色白而微微带点浅绿，入口清香。这是豆腐吗？是的，但是用鲜南瓜子去壳磨细“点”出来的。很好吃。中国人吃菜真能别出心裁，南瓜子做成豆腐，不知是什么朝代，哪一位美食家想出来的！

席间还有一道甜菜，冰糖皂角米。皂角我的家乡颇多。一般都用来泡水，洗脸洗头，代替肥皂。皂角仁蒸熟，妇女绣花，把绒在皂仁上“光”一下，绒不散，且光滑，便于入针。没有吃它的。到了昆明，才知道这东西可以吃。昆明过去有专卖蒸菜的饭馆，蒸鸡、蒸排骨，都放小笼里蒸，小笼垫底的是皂角仁，蒸得了晶莹透亮，嚼起来有韧劲，好吃。比用红薯、土豆衬底更有风味，但知道可以做甜菜，却是在腾冲。这东西很滑，进口略不停留，即入肠胃。我知道皂角仁的“物性”，警告大家不可多吃。一位老兄吃得口爽，弄了一饭碗，几口就喝了。未及终席，他就奔赴厕所，飞流直下起来。

皂角仁卖得很贵，比莲子、桂圆、西米都贵，只有卖干果、山珍的大食品店才有得卖，普通的副食店里是买不到的。

近几年时兴“皂角洗发膏”，皂角恢复了原来的功能，这也算是“以故为新”吧。

车前子

车前子的样子很有趣。叶贴地而长，近卵形，有长柄。在自由伸向四面的叶丛中央抽出细长的花梗，顶端有穗形花序，直立着。穗不多，少的只有一穗。画家常画之为点缀。程十发即喜画。动画片中好像少不了它。不知道为什么，这东西有一种童话情趣。

车前子可利小便，这是很多农民都知道的。

张家口的山西梆子剧团有一个唱“红”（老生）的演员，经常在几县的“堡”（张家口人称镇为“堡”）演唱，不受欢迎，农民给他起了个外号：“车前子。”怎么给他起了这么个外号呢？因为他一出台，农民观众即纷纷起身上厕所，这位“红”利小便。

这位唱“红”的唱得起劲，观众就大声喊叫：“快去，快，赶紧拿咸菜！”这又是怎么回事呢？吃白薯吃得太多了，烧心反胃，嚼一块咸菜就好了。这位演员的嗓音叫人听起来烧心。

农民有时是很幽默的。

搞艺术的人千万不能当“车前子”，不能叫人烧心反胃。

紫穗槐

在戴了“右派分子”的帽子以后，我曾经被发到西山种树。在石多土少的山头用镢头刨坑。实际上是在石头上硬凿出一个一个的树坑来，再把凿碎的砂石填入，用九齿耙搂平。山上寸土寸金，树坑就山势而凿，大小形状不拘。这是个非常重的活。我成了“右派”后所从事的劳动，以修十三陵水库和这次西山种树的活最重。那真是玩了命。

一早，就上山，带两个干馒头、一块大腌萝卜。顿顿吃大腌萝卜，这不是个事。已经是秋天了，山上的酸枣熟了，我们摘酸枣吃。草里有蝈蝈，烧蝈蝈吃！蝈蝈得是三尾的，腹大，多子。一会儿就能捉半土筐。点一把火，把蝈蝈往火里一倒，劈劈剥剥，熟了。咬一口大腌萝卜，嚼半个烧蝈蝈，就馒头，香啊。人不管走到哪一步，总得找点乐子，想一点办法，老是愁眉苦脸的，干吗呢！

我们刨了坑，放着，当时不种，得到明年开了春，再种。据说要种的是紫穗槐。

紫穗槐我认识，枝叶近似槐树，抽条甚长，初夏开紫花，花似紫藤而颜色较紫藤深，花穗较小，瓣亦稍小。风摇紫穗，姗姗可爱。

紫穗槐的枝叶皆可为饲料，牲口爱吃，上膘。条可编筐。

刨了约二十多天树坑，我就告别西山八大处回原单位等候处理，从此再也没有上过山。不知道我们刨的那些坑里种上紫穗槐了没有。再见，紫穗槐！再见，大腌萝卜！再见，蝈蝈！

阿格头子灰背青

敕勒川，
阴山下。
天似穹庐，
笼盖四野。
天苍苍，

野茫茫，

风吹草低见牛羊。

北齐斛律金这首用鲜卑语唱的歌公认是北朝乐府的杰作，写草原诗的压卷之作，苍茫雄浑，前无古人，后无来者。一千多年以来，不知道有多少“南人”，都从“风吹草低见牛羊”一句诗里感受到草原景色，向往不已。

但是这句诗有夸张成分，是想象之词。真到草原去，是看不到这样的景色的。我曾四下内蒙，到过呼伦贝尔草原、达茂旗的草原、伊克昭盟的草原，还到过新疆的唐巴拉牧场，都不曾见过“风吹草低见牛羊”。张家口坝上沽源的草原的草，倒是比较高，但也藏不住牛羊。论好看，要数沽源的草原好看。草很整齐，叶细长，好像梳过一样，风吹过，起伏摇摆如碧浪。这种草是什么草？问之当地人，说是“碱草”，我怀疑这可能是“草菅人命”的“菅”。“碱草”的营养价值不是很高。

营养价值高的牧草有阿格头子、灰背青。

陪同我们的老曹唱他的爬山调：

阿格头子灰背青，

四十五天到新城。

他说灰背青叶子青绿而背面是灰色的。“阿格头子”是蒙古话。他拔起两把草叫我们看，且问一个牧民：

“这是阿格头子吗？”

“阿格！阿格！”

这两种草都不高，也就三四寸，几乎是贴地而长。叶片肥厚而多汁。

“阿格头子灰背青，四十五天到新城。”老曹年轻时拉过骆驼，从呼和浩特驮货到新疆新城，一趟得走四十五天。那么来回就得三个月。在多见牛羊少见人的大草原上拉着骆驼一步一步地走，这滋味真难以想象。

老曹是个有趣的人。他的生活知识非常丰富，大青山的药材、草原上的草，他没有不认识的。他知道很多故事，很会说故事。单是狼，他就能说一整天。都是实在经验过的，并非道听途说。狼怎样逗小羊玩，小羊高了兴，跳起来，过了圈羊的篱笆，狼一口就把小羊叼走了；狼会出痘，老狼把出痘子的小狼用沙埋起来，只露出几个小脑袋；有一个小号兵掏了三只小狼羔子，带着走，母狼每晚上跟着部队，哭，后来怕暴露部队目标，队长说服小号兵把小狼放了……老曹好说，能吃，善饮，喜交游。他在大青山打过游击，山里的堡垒户都跟他很熟，我们的吉普车上下山，他常在路口叫司机停一下，找熟人聊两句，帮他们买拖拉机，解决孩子入学……我们后来拜访了布赫同志，提起老曹，布赫同志说：“他是个红火人。”“红火人”这样的说法，我在别处没有听见过，但是用之于老曹身上，很合适。

老曹后来在呼市负责林 业工作。他曾到大兴安岭调查，购买树种，吃过犴鼻子（他说犴鼻子黏性极大，吃下一块，上下牙粘在一起，得使劲张嘴，才能张开。他做了一个当时使劲张嘴的样子，很滑稽）、飞龙。他负责林业时主要的业绩是在大青山山脚至市中心的大路两侧种了杨树，长得很整齐健旺。但是他最喜爱的是紫穗槐，是个紫穗槐迷，到处宣传紫穗槐的好处。

“文化大革命”，老曹在劫难逃。他被捆押吊打，打断了踝骨。后经打了石膏，幸未致残，但是走起路来一拐一拐的。他还是那么“红火”，健谈豪饮。

老曹从小家贫，“成分”不高。他拉过骆驼，吃过很多苦。他在大青山打过游击，无历史问题，为什么要整他，要打断他的踝骨？为什么？

阿格头子灰背青，

四十五天到新城。

花和金鱼

从东珠市口经三里河、河舶厂，过马路一直往东，是一条横街。这是北京的一条老街了。也说不上有什么特点，只是有那么一种老北京的味儿。有些店铺是别的街上没有的。有一个每天卖豆汁儿的摊子，卖焦圈儿、马蹄烧饼，水疙瘩丝切得细得像头发。这一带的居民好像特别爱喝豆汁儿，每天晌午，有一个人推车来卖，车上搁一个可容一担水的木桶，木桶里有多半桶豆汁儿。也不吆喝，到时候就来了，老太太们准备好了坛坛罐罐等着。马路东有一家卖鞭哨、皮条、纲绳等等骡车马车上用的各种配件。北京现在大车少了，来买的多是河北人。看了店堂里挂着的挺老长的白色的皮条、两股坚挺的竹子拧成的鞭哨，叫人有点说不出来的感动。有一家铺子在一个高台阶上，门外有一块小匾，写着“惜阴斋”。这是卖什么的呢？我特意上了台阶走进去看了看：是专卖老式木壳自鸣钟、怀表的，兼营擦洗钟表油泥、修配发条、油丝。“惜阴”用之于钟表店，挺有意思，不知是哪位一方名士给写的匾。有一个茶叶店，也有一块匾："今雨茶庄"（好几个人问过我这是什么意思）。其实这是一家夫妻店，什么"茶庄"！

两口子，有五十好几了，经营了这么个"茶庄"。他们每天的生活极其清简。大妈早起攒炉子、生火、坐水、出去买菜。老爷子扫地，擦拭柜台，端正盆花金鱼。老两口都爱养花、养鱼。鱼是龙睛，两条大红的，两条蓝的（他们不爱什么红帽子、绒球……）。鱼缸不大，飘着莕草。花四季更换。夏天，茉莉、珠兰（熟人来买茶叶，掌柜的会摘几朵鲜茉莉花或一小串珠兰和茶叶包在一起）；秋天，九花（老北京人管菊花叫"九花"）；冬天，水仙、天竺果。我买茶叶都到"今雨茶庄"买，近。我住河舶厂，出胡同口就是。我每次买茶叶，总爱跟掌柜的聊聊，看看他的花。花并不名贵，但养得很有精神。他说："我不瞧戏，不看电影，就是这点爱好。"

果园杂记

涂白

一个孩子问我：干嘛把树涂白了？

我从前也非常反对把树涂白了，以为很难看。

后来我到果园干了两年活，知道这是为了保护树木过冬。

把牛油、石灰在一个大铁锅里熬得稠稠的，这就是涂白剂。我们拿了棕刷，担了一桶一桶的涂白剂，给果树涂白。要涂得很仔细，特别是树皮有伤损的地方、坑坑洼洼的地方，要涂到，而且要涂得厚厚的，免得来年存留雨水，窝藏虫蚁。

涂白都是在冬日的晴天。男的、女的，穿了各种颜色的棉衣，在脱尽了树叶的果林里劳动着。大家的心情都很开朗，很高兴。

涂白是果园一年最后的农活了。涂完白，我们就很少到果园里来了。这以后，雪就落下来了。果园一冬天埋在雪里。从此，我就不反对涂白了。

粉蝶

我曾经做梦一样在一片盛开的茼蒿花上看见成千上万的粉蝶——在我童年的时候。那么多的粉蝶，在深绿的蒿叶和金黄的花瓣上乱纷纷地飞着，看得我想叫，想把这些粉蝶放在嘴里嚼，我醉了。

后来我知道这是一场灾难。

我知道粉蝶是菜青虫变的。

菜青虫吃我们的圆白菜。那么多的菜青虫！而且它们的胃口那么好，食量那么大。它们贪婪地、迫不及待地、不停地吃，吃得菜地里沙沙地响。一上午的功夫，一地的圆白菜就叫它们咬得全是窟窿。

我们用DDT喷它们，使劲地喷它们。DDT的激流猛烈地射在菜青虫身上，它们滚了几滚，僵直了，扑的一声掉在了地上，我们的心里痛快极了。我们是很残忍的，充满了杀机。

但是粉蝶还是挺好看的。在散步的时候，草丛里飞着两个粉蝶，我现在还时常要停下来看它们半天。我也不反对国画家用它们来点缀画面。

波尔多液

喷了一夏天的波尔多液，我的所有的衬衫都变成浅蓝色的了。

硫酸铜、石灰，加一定比例的水，这就是波尔多液。波尔多液是很好看的，呈天蓝色。过去有一种浅蓝的阴丹士林布，就是那种颜色。这是一个果园的看家的农药，一年不知道要喷多少次。不喷波尔多液，就不成其为果园。波尔多液防病，能保证水果的丰收。果农都知道，喷波尔多液虽然费钱，却是划得来的。

这是个细致的活。把喷头绑在竹竿上，把药水压上去，喷在梨树叶子上、苹果树叶子上、葡萄叶子上。要喷得很均匀，不多，也不少。喷多了，药水的水珠糊成一片，挂不住，流了；喷少了，不管用。树叶的正面、反面都要喷到。这活不重，但是干完了，眼睛、脖颈，都是酸的。

我是个喷波尔多液的能手。大家叫我总结经验。我说：一、我干不了重活，这活我能胜任；二、我觉得这活有诗意。

为什么叫它“波尔多液”呢？——中国的老果农说这个外国名字已经说得很顺口了。这有个故事。

波尔多是法国的一个小城，出马铃薯。有一年，法国的马铃薯都得了晚疫病，——晚疫病很厉害，得了病的薯地像火烧过一样，只有波尔多的马铃薯却安然无恙。大伙捉摸，这是什么道理呢？原来波尔多城外有一个铜矿，有一条小河从矿里流出来，河床是石灰石的。这水蓝蓝的，是不能吃的，农民用它来浇地。莫非就是这条河，使波尔多的马铃薯不得疫病？于是世界上就有了波尔多液。

中国的老农现在说这个法国名字也说得很顺口了。

去年，有一个朋友到法国去，我问他到过什么地方，他很得意地说：波尔多！

我也到过波尔多，在中国。

南山塔松

所谓南山者，是一片塔松林。

乌鲁木齐附近，可游之处有二，一为南山，一为天池。凡到乌鲁木齐者，无不往。

南山是天山的边缘，还不是腹地。南山是牧区。汽车渐入南山境，已经看到牧区景象。两边的山起伏连绵，山势皆平缓，望之浑然，遍山长着茸茸的细草。去年雪不大，草很短。老远的就看到山间错错落落，一丛一丛的塔松，黑黑的。

汽车路尽，舍车从山涧两边的石径向上走，进入松林深处。

塔松极干净，叶片片片如新拭，无一枯枝，颜色蓝绿。空气也极干净。我们藉草倚树吃西瓜，起身时衣裤上都沾了松脂。

新疆雨量很少，空气很干燥，南山雨稍多，本地人说："一块帽子大的云也能下一阵雨。"然而也不过只是帽子大的云的那么一点雨耳，南山也还是干燥的。然而一棵一棵塔松密密地长起来了，就靠了去年的雪和那么一点雨。塔松林中草很丰盛，花很多，树下可以捡到蘑菇。蘑菇大如掌，洁白细嫩。

塔松带来了湿润，带来了一片雨意。

树是雨。

南山之胜处为杨树沟、菊花台，皆未往。

菏泽牡丹

菏泽的出名，一是因为历史上出过一个黄巢（今菏泽城西有冤句故城，为黄巢故里，京剧《珠帘寨》说他“家住曹州并曹县”，曹州是对的，曹县不确）。一是因为出牡丹花。菏泽牡丹种植面积大，最多时曾达五千亩，一九七六年调查还有三千多亩，单是城东“曹州牡丹园”就占地一千亩；品种多，约有四百种。

牡丹花期短，至谷雨而花事始盛，越七八日，即阑珊欲尽，只剩一大片绿叶了。谚云：“谷雨三日看牡丹。”今年的谷雨是阳历四月二十。我们二十二日到菏泽，第二天清晨去看牡丹，正是好时候。

初日照临，杨柳春风，一千亩盛开的牡丹，这真是一场花的盛宴，蜜的海洋，一次官能上的过度的饱饫。漫步园中，恍恍惚惚，有如梦回酒醒。

牡丹的特点是花大、型多、颜色丰富。我们在李集参观了一丛浅白色的牡丹，花头之大，花瓣之多，令人骇异。大队的支部书记指着一朵花说：“昨天量了量，直径六十五公分”，古人云牡丹“花大盈尺”，不为过分。他叫我们用手掂掂这朵花。掂了掂，够一斤重！苏东坡诗云“头重欲人扶”，得其神理。牡丹花分三大类：单瓣类、重瓣类、千瓣类；六型：葵花型、荷花型、玫瑰花型、平头型、皇冠型、绣球型；八大色：黄、红、蓝、白、黑、绿、紫、粉。通称“三类、六型、八大色”。姚黄、魏紫，这里都有。紫花甚多，却不甚贵重。古人特重姚黄，菏泽的姚黄色浅而花小，并不突出，据说是退化了。园中最出色的是绿牡丹、黑牡丹。绿牡丹品名豆绿，盛开时恰如新剥的蚕豆。挪威的别伦·别尔生说花里只有菊花有绿色的，他大概没有看到过中国的绿牡丹。黑牡丹正如墨菊一样，当然不是纯黑色的，而是紫红得发黑。菏泽用“黑花魁”与“烟笼紫玉盘”杂交而得的“冠世墨玉”，近花萼处真如墨染。堪称菏泽牡丹的“代表作”的，大概还要算清代赵花园园主赵玉田培育出来的“赵粉”。粉色的牡丹不难见，但“赵粉”极娇嫩，为粉花上品。传至洛阳，称“童子面”，传至西安，称“娃儿面”，以婴儿笑靥状之，差能得其仿佛。

菏泽种牡丹，始于何时，难于查考。至明嘉靖年间，栽培已盛。《曹南牡丹谱》载：“至明曹南牡丹甲于海内。”牡丹，在菏泽，是一种经济作物。《菏泽县志》载：“牡丹，芍药多至百余种，土人植之，动辄数十百亩，利厚于五谷。”每年秋后，“土人捆载之，南浮闽粤，北走京师，至则厚值以归”。现在全国各地名园所种牡丹，大部分都是由菏泽运去的。清代即有“菏泽牡丹甲天下”之说。凡称某处某物甲天下者，每为天下人所不服。而称“菏泽牡丹甲天下”，则天下人皆无异议。

牡丹的根，经过加工，为“丹皮”，为重要的药材，这是大家都知道的。菏泽丹皮，称为“曹丹”，行市很俏。

菏泽盛产牡丹，大概跟气候水土有些关系。牡丹耐干旱，不能浇

“明水”，而菏泽春天少雨。牡丹喜轻碱性沙土，菏泽的土正是这种土。菏泽水咸涩，绿茶泡了一会就成了铁观音那样的褐红色，这样的水却偏宜浇溉牡丹。

牡丹是长寿的。菏泽赵楼村南曾有两棵树龄二百多年的脂红牡丹，主干粗如碗口，儿童常爬上去玩耍，被称为“牡丹王”。袁世凯称帝后，曹州镇守使陆朗斋把牡丹王强行买去，栽在河南彰德府袁世凯的公馆里，不久枯死。今年在菏泽开牡丹学术讨论会，安徽的代表说在山里发现一棵牡丹，已经三百多年，每年开花二百余朵，犹无衰老态。但是牡丹的栽培却是不易的。牡丹的繁殖，或分根，或播种，皆可。一棵牡丹，每五年才能分根，结籽常需七年。一个杂交的新品种的栽培需要十五年，成种率为千分之四。看花才十日，栽花十五年，亦云劳矣。

告别的时候，支书叫我们等一等，说是要送我们一些花，一个小伙子抱来了一抱。带到招待所，养在茶缸里，每间屋里都有几缸花。菏泽的同志说，未开的骨朵可以带到北京，我们便带在吉普车上。不想到了梁山，住了一夜，全都开了，于是一齐捧着送给了梁山招待所的女服务员。正是：菏泽牡丹携不去，且留春色在梁山。

滇南草木状

尤加利树

尤加利树北方没有。四十六年前到昆明始识此树。树叶厚重，风吹作金石声。在屋里静坐读书，听着哗啦哗啦的声音，会忽然想起，这是昆明。说不上是乡愁，只是有点觉得此身如寄。因此对尤加利树颇有感情。

尤加利树木理旋拧，有一个特殊的用途，作枕木，经得起震，不易裂。现在枕木大都改成钢或水泥制造的了，这种树就不那么受到重视了。树叶提汁，可制糖果，即桉叶糖。爱吃桉叶糖的人也不是很多。

连云宾馆门内有一棵大尤加利树，粗可合抱，少见。

叶子花

昆明叶子花多，楚雄更多。龙江公园到处都是叶子花。这座公园是新建的。建筑物的墙壁栏杆的水泥都发干净的灰白色，叶子花的紫颜色更把公园衬托得十分明朗爽洁。芒市宾馆一丛叶子花攀附在一棵大树上。树有四丈高，花一直开到树顶。

叶子花的紫，紫得很特别，不像丁香，不像紫藤，也不像玫瑰，它就是它自己那样的一种紫。

叶子花夏天开花。但在我的印象里，它好像一年到头都开，老开着，没有见它枯萎凋谢过。大概它自己觉得不过是叶子，就随便开开吧。

叶子花不名贵，但不讨厌。

马缨花

走进龙江公园，我跟市文联的同志说："楚雄如果选市花，可以选叶子花。"文联的同志说："彝族有自己的花。——马缨花。"马缨花？马缨花即合欢，北方多得很。"这是杜鹃科，杜鹃的一种。"那么这不是合欢。走进开座谈会的会议室，桌上摆了一盆很大的花，我问："这是不是马缨花？"——"是的，是的。"名不虚传！这株马缨花干粗如酒杯口。横卧而出，矫健如龙，似欲冲盆飞去。叶略似杜鹃而长，一丛一丛的，相抱如莲花瓣。周围的叶子深绿色，中心则为嫩绿。干端叶较密集，绿叶中开出一簇火红的花。花有点像杜鹃，但花瓣较坚厚，不像杜鹃那样的薄命相。花真是红。这是正红，大红。彝族人叫它马缨花是有道理的。云南的马缨花不是麻丝攒成的，而是用一方红布扎成一个绣球。马缨不是缀在马的颈下，而是结在马的前额。如果是白马或黑马，老远就看得见，非常显眼。额头有马缨的马，多半是马帮里的头马。把这种花叫做马缨花，神似。马缨花大红大绿，颜色华贵，而姿态又颇奔放，于端庄中透出粗野，真是难得！

车行在高黎贡山中，公路两边的丛岭中，密林深处，时时可以看到一树通红通红的马缨花。

令箭

云南人爱种花。楚雄街道两边楼房的栏杆上摆得满满的花，各色各样，令箭尤其多。令箭北方常见，但不如楚雄的开花开得多。北方令箭，开十几朵就算不错，楚雄的令箭一盆开花上百朵。一片叶子上密密匝匝地涨出了好多骨朵，大概都有三十几个，真不得了！滇南草木，得天独厚，没有话说。

一品红

北京的一品红是栽在盆里的，高二三尺。芒市、盈江的一品红长成一人多高的树，绿叶少而红叶多，这也未免太过分了！

兰

云南兰花品类极多。盈江县招待所庭院中有一棵香樟树，树丫里寄生的兰花就有四种。这都是热带兰花。有一种是我认得的，虎头兰。花大，浅黄色。有一舌，舌白，舌端有紫色斑点。其余三种都未见过。一种开白花，一种开浅绿花。另一种开淡银红色的花，花瓣边似剪秋罗，很长的一串，除了有兰花一样的长叶子披下来，真很难说这是兰花。

兰花最贵重的是素心兰。大理街上有一家门前放了两盆素心兰，旁贴一纸签："出售"。一看标价：二百。大理是素心兰的产地，本地昂贵如此，运到外地，可想而知。素心兰种在高高泥盆里。盆腹鼓起，如一小坛。

在保山，有人要送我一盆虎头兰。怎么带呢？

茶花

茶花已经开过了。遗憾。

闻丽江有一棵茶花王，每年开花万朵，号称"万朵茶花"，——当然这是累计的，一次开不了那样多。不过这也是奇迹了。有人告诉过我，茶花最多只能开三百朵。

大青树

大青树不成材，连烧火都不燃，故能不遭斧斤，保其天年，唯堪与过往行人遮荫，此不材之材。滇南大青树多"一树成林"。

紫薇

紫薇我没有见过很大的。昆明金殿两边各有一棵紫薇，树上挂一木牌，写明是"明代紫薇"，似可信。树干近根部已经老得不成样子，疙瘩流秋。梢头枝叶犹繁茂，开花时，必有可观。用手指搔搔它的树干，无反应。它已经那么老了，不再怕痒痒了。

绣球花

泰山五大夫松附近有一家茶馆。爬了一气山，进去喝了壶热茶，太好了。水好，茶叶不错，房屋净洁，座位也舒服。

茶馆有一个院子，院里的石条上放了十多盆绣球花。这里的绣球的花头比我在别处看过的小。别处的绣球一球有一个脑袋大，这里的只比拳头略大一点。花瓣不像别处的是纯白的，是豆绿色的。花瓣较小而略厚。干不高，不到二尺；枝多横生。枝干皆老，如盆景。叶深墨绿色，甚整齐，无一叶残败。这些绣球显出一种充足而又极能自制的生命力。我不知道这样的豆绿色的绣球是泰山的水土使然，还是别是一种。茶馆的主人以茶客喝剩的茶水浇之，盆面积了颇厚的茶叶。这几盆绣球真美，美得使人感动。我坐在花前，谛视良久，恋恋不忍即去。别之已十几年，犹未忘。

漳州

漳州多三角梅。我们所住的漳州宾馆内到处都是。栽在路边大石盆里，种在花圃里。三角梅别处也有。云南谓之叶子花，因为花与叶形状无殊，只是颜色不同。昆明全种之墙头。楚雄叶子花有一层楼那样高，鲜丽夺目，但只有紫色的一种。漳州三角梅则有很多种颜色，除了紫的，有大红的、桃红的、浅红的，还有紫铜色的。紫铜色的花我还没有见过。有白色的，微带浅绿。三角梅花形不大好看，但是蓬勃旺盛，热热闹闹。这种花好像是不凋谢的。我没有看到枝头有枯败的花，地下也没有落瓣。

到处都是卖水仙花的。店铺中装在纸箱里成箱出售，标明二十粒、三十粒，谓一箱装二十头、三十头也。二十粒者是上品。胜利路、延安北路人行道上摆了一溜水仙花头，装在花篮状的竹篓里。卖水仙的多是小姑娘。天很晚了，她们提着空篓，有的篓里还有几个没有卖掉的花头，结伴归去。她们一天能卖多少钱？

一个修钟表的小店当门的桌边放了两小盆水仙。修表的是一个年轻人。两盆水仙开得很好，已经冒出好几个花骨朵。修表的桌边放两盆水仙，很合适。

参观漳州八宝印泥厂。印泥是朱砂和蓖麻油调制的（加了少量金箔、珠粉、冰片），而其底料则为艾绒。漳州出艾绒。浙江、上海等地的印泥厂每年都要到漳州采买艾绒。漳州出印泥，跟出艾绒有关。印泥厂备好纸墨，请写字留念。纸很好，六尺夹宣。写了几句顺口溜：“天外霞，石榴花，古艳流千载，清芬入万家。”漳州八宝印泥颜色很正，很像石榴花。

凡到漳州者总要去看看百花村，因为很近便。百花村所培植的主要是榕树盆景。榕树是不材之材，不能做梁柱、打家具，烧火也不燃，却是制作盆景的极好材料。榕树盆景较大，不能置之客厅书室，但是公园、宾馆、大会堂、大餐厅，则只有这样大的盆景才相称，因此行销各地，“创汇”颇多。榕树盆景并不是栽到盆子里就算完事，须经相材、取势、锯截、修整，方能欹侧横斜，偃仰矫矢，这也是一门学问。百花村有一个兰圃，种箭兰甚多，可惜我们去时管理员不在，门锁着，未能参观。

木棉庵在漳州市外。这个地方的出名，是因为贾似道是在这里被杀的。贾似道是历史上少见的专权误国、荒唐透顶的奸相。元军沿江南下，他被迫出兵，在鲁港大败，不久，被革职放逐，至漳州木棉庵为押送人郑虎臣所杀。今木棉庵外土坡上立有石碑两通，大字深刻“郑虎臣诛贾似道于此”，两碑文字一样。贾似道被放逐，是从什么地方起解的呢？为什么走了这条路线？原本是要把他押到什么地方去的呢？郑虎臣为什么选了这么个地方诛了贾似道？郑虎臣的下落如何？他事后向上边复命了没有？按说一个押送人是没有权力把一个犯罪的大臣私自杀了的，尽管郑虎臣说他是“为天下诛贾似道”。想来南宋末年乱得一塌胡涂，没有人追究这件事，也就不了了之了。贾似道下场如此，在“太师”级的大员里是少见的。土坡后有一小庵，当是后建的，但还叫做木棉庵。庵中香火冷落，壁上有当代人题歪诗一首。

香港的高楼和北京的大树

香港多高楼，无大树。

中环一带，高楼林立，车如流水。楼多在五六十层以上。因为都很高，所以也显不出哪一座特别突出。建筑材料钢筋水泥已经少见了。飞机钢、合金铝、透亮的玻璃、纯黑的大理石。香港马路窄，无林荫树。寸土如金，无隙地可种树也。

这个城市，五光十色，只是缺少必要的、足够的绿。

半山有树。

山顶有树。

只是似乎没有人注意这些树。树被人忽略了。

海洋公园有树，都修剪得很整洁。这里有从世界各地移植来的植物。扶桑花皆如碗大，有深红、浅红，白色的，内地少见。但是游人极少在这些过于鲜明的花木之间留连。到这里来的目的是乘坐“疯狂飞天车”、浪船、“八角鱼”之类的富于刺激性的、使人晕眩的游乐玩意。

我对这些玩意全都不敢领教，只是吮吸着可口可乐，看看年轻人乘坐这些玩意的兴奋紧张的神情，听他们在危险的瞬间发出的惊呼。我老了。

我坐在酒店的房间里（我在香港极少逛街，张辛欣说我从北京到香港就是换一个地方坐着），想起北京的大树，中山公园、劳动人民文化宫、天坛的柏树，北海的白皮松。

渡海到大屿岛梅窝参加内地和香港作家的交流营，住了两天。这是香港人度假的地方，很安静。海、沙滩、礁石。错错落落，不很高的建筑。上山的小道。我现在明白了，为什么居住在高度现代化的城市的人需要度假。他们需要暂时离开紧张的生活节奏，需要安静，需要清闲。

古华看看大屿山，两次提出疑问："为什么山上没有大树？"他说："如果有十棵大松树，不要多，有十棵，就大不一样了！"山上是有树的。台湾相思树，枝叶都很美。只是大树确实是没有。

没有古华家乡的大松树，也没有北京的大柏树、白皮松。

"所谓故国者非有乔木之谓也。"然而没有乔木，是不成其为故国的。《金瓶梅》潘金莲有言："南京的沈万山，北京的大树，人的名儿，树的影儿。"至少在明朝的时候，北京的大树就有了名了。北京有大树，北京才成其为北京。

回北京，下了飞机，坐在"的士"里，与同车作家谈起香港的速度。司机在前面搭话："北京将来也会有那样的速度的！"他的话不错，北京也是要高度现代化的，会有高速度的。现代化、高速度以后的北京会是什么样子呢？想起那些大树，我就觉得安心了。现代化之后的北京，还会是北京。

花草树

美国真花像假花，假花像真花。看见一丛花，常常要用手摸摸叶子，才能断定是真花，是假花。旅美多年的美籍华人也是这样，摸摸，凭手感，说是："真的！真的！"美国人家大都种花。美国的私人住宅是没有围墙的，一家一家也不挨着，彼此有一段距离，门外有空地，空地多栽花。常见的是黄色的延寿菊。美国的延寿菊和中国的没有两样。还有一种通红的，不知是什么花。我在诗人桑德堡故居外小花圃中发现两棵凤仙花，觉得很亲切，问一位美国女士："这是什么花？"她不知道。美国人家种花大都是随便撒一点花籽，不甚设计。有一种设计则不敢领教：在草地上划出一个正圆的圆圈，沿着圆圈等距离地栽了一撮一撮鲜艳的花。这种布置实在是滑稽。美国人家室内大都有绿色植物，如中国的天门冬、吊兰之类，栽在一个锃亮的黄铜的半球里，挂着。这种趣味我也不敢领教。美国人家多插花，常见的是菊花，短瓣，紫红的、白的。我在美国没有见过管瓣、卷瓣、长瓣的菊花。即便有，也不会有"麒麟角"、"狮子头"、"懒梳妆"之类的名目。美国人插花只是取其多，有颜色，一大把，插在一个玻璃瓶子里。美国人不懂中国插花讲究姿态，要高低映照，欹侧横斜，瓶和花要相称。美国静物画里的花也是这样，乱哄哄的一瓶。美国人不会理解中国画的折枝花卉。美国画里没有墨竹，没有兰草。中国各项艺术都与书法相通。要一个美国人学会欣赏王献之的《鸭头丸帖》，是永远办不到的。美国也有荷花，但未见入画，美国人不会用宣纸、毛笔、水墨。即便画，也绝不可能有石涛、八大那样的效果。有荷花，当然有莲蓬。美国人大概不会吃冰糖莲子。他们让莲蓬结老了，晒得干干的，插瓶，这倒也别致，大概他们认为这种东西形状很怪。有的人家插的莲蓬是染得通红的。这简直是恶作剧，不敢领教！美国人用芦花插瓶，这颇可取。在德国移民村阿玛纳看见一个铺子里有芦花卖，五十美分一把。

美国年轻，树也年轻。自爱荷华至斯泼凌菲尔德高速公路两旁的树看起来像灌木。阿玛纳有一棵橡树，大概是当初移民来的德国人种的，有上百年的历史，用木栅围着，是罕见的老树了。像北京中山公园、天坛那样的五百年以上的柏树，是找不出来的。美国多阔叶树，少针叶树。最常见的是橡树。松树也有，少。林肯墓前、马克·吐温家乡有几棵松树。美国松树也像美国人一样，非常健康，很高，很直，很绿。美国没有苏州“清、奇、古、怪”那样的松树，没有黄山松，没有泰山的五大夫松。中国松树多姿态，这种姿态往往是灾难造成的，风、雪、雷、火。松之奇者，大都伤痕累累。中国松是中国的历史，中国的文化和中国人的性格所形成的。中国松是按照中国画的样子长起来的。

美国草和中国草差不多。狗尾巴草的穗子比中国的小，颜色发红。“五月花”公寓对面有一片很大的草地。蒲公英吐絮时，如一片银色的薄雾。羊胡子草之间长了很多草苜蓿。这种草的嫩头是可以炒了吃的，上海人叫做“草头”或“金花菜”，多放油，武火急炒，少滴一点高粱酒，很好吃。美国人不知道这能吃。知道了，也没用，美国人不会炒菜。

《晚饭花集》自序

一九八一年下半年至一九八三年下半年所写的短篇小说都在这里了。

集名《晚饭花集》，是因为集中有一组以《晚饭花》为题目的小说。不是因为我对这一组小说特别喜欢，而是觉得其他各篇的题目用作集名都不太合适。我对自己写出的作品都还喜欢，无偏爱。读过我的作品的熟人，有人说他喜欢哪一两篇，不喜欢哪一两篇；另一个人的意见也许正好相反。他们问我自己的看法，我常常是笑而不答。

我对晚饭花这种花并不怎么欣赏。我没有从它身上发现过“香远益清”、“出淤泥而不染”之类的品德，也绝对到不了“不可一日无此君”的地步。这是一种很低贱的花，比牵牛花、凤仙花以及北京人叫做“死不了”的草花还要低贱。凤仙花、“死不了”，间或还有卖的。谁见过花市上卖过晚饭花？这种花公园里不种，画家不画，诗人不题咏。它的缺点一是无姿态，二是叶子太多，铺铺拉拉，重重叠叠，乱乱哄哄地一大堆，颜色又是浓绿的。就算是需要进行光合作用，取得养分，也用不着生出这样多的叶子呀，这真是一种毫无节制的浪费！三是花形还好玩，但也不算美，一个长柄的小喇叭。颜色以深胭脂红的为多，也有白和黄的。这种花很易串种。黄花、白花的瓣上往往有不规则的红色细条纹。花多，而细碎。这种花用“村”、“俗”来形容，都不为过。最恰当的还是北京人爱用一个字：“怯”。北京人称晚饭花为野茉莉，实在是抬举它了。它跟茉莉可以说毫不相干。也一定不会是属于同一科，枝、叶、花形都不相似。把它和茉莉拉扯在一起，可能是因为它有一点淡淡的清香，——然而也不像茉莉的气味。只有一个“野”字它倒是当之无愧的。它是几乎不用种的。随便丢几粒种籽到土里，它就会赫然地长出了一大丛。结了籽，落进土中，第二年就会长了更大的几丛，只要有一点空地，全给你占得满满的，一点也不客气。它不怕旱，不怕涝，不用浇水，不用施肥，不得病，也没见它生过虫。这算是什么花呢？然而不是花又是什么呢？你总不能说它是庄稼，是蔬菜，是药材。虽然吴其濬说它的种籽的黑皮里有一囊白粉，可食；叶可为蔬，如马兰头；俚医用其根治吐血，但我没有见到有人吃过，服用过。那就还算它是一种花吧。

我的小说和晚饭花无相似处，但其无足珍贵则同。

我对于晚饭花还有一点好感，是和我的童年的记忆有关系的。我家的荒废的后园的一个旧花台上长着一丛晚饭花。晚饭以后，我常常到废园里捉蜻蜓，一捉能捉几十只。选两只放在帐子里让它吃蚊子（我没见过蜻蜓吃蚊子，但我相信它是吃的），其余的装在一个大鸟笼里，第二天一早又把它们全放了。我在别的花木枝头捉，也在晚饭花上捉。因此我的眼睛里每天都有晚饭花。看到晚饭花，我就觉得一天的酷暑过去了，凉意暗暗地从草丛里生了出来，身上的痱子也不痒了，很舒服；有时也会想到又过了一天，小小年纪，也感到一点惆怅，很淡很淡的惆怅。而且觉得有点寂寞，白菊花茶一样的寂寞。

我的儿子曾问过我：“《晚饭花》里的李小龙是你自己吧？”我说：“是的。”我就像李小龙一样，喜欢随处留连，东张西望。我所写的人物都像王玉英一样，是我每天要看的一幅画。这些画幅吸引着我，使我对生活产生兴趣，使我的心柔软而充实。而当我所倾心的画中人遭到命运的不公平的簸弄时，我也像李小龙那样觉得很气愤。便是现在，我也还常常为一些与我无关的事而发出带孩子气的气愤。这种倾心和气愤，大概就是我自己称之为抒情现实主义的心理基础。

这一集，从形式上看，如果说有什么特点，是有一些以三个小短篇为一组的小说。数了数，竟有六组。这些小短篇的组合，有的有点外部的或内部的联系。比如《故里三陈》写的三个人都姓陈；《钓人的孩子》所写的都是与钱有关的小故事。有的则没有联系，不能构成“组曲”，如《小说三篇》，其实可以各自成篇。至于为什么总是三篇为一组，也没有什么道理，只是因一篇太单，两篇还不足，三篇才够“一卖”。“事不过三”，三请诸葛亮，三戏白牡丹，都是三。一二三，才够意思。

我写短小说，一是中国本有用极简的笔墨摹写人事的传统，《世说新语》是突出的代表。其后不绝如缕。我爱读宋人的笔记甚于唐人传奇。《梦溪笔谈》、《容斋随笔》记人事部分我都很喜欢。归有光的《寒花葬志》、龚定庵的《记王隐君》，我觉得都可当小说看。

第二是我过去就曾经写过一些记人事的短文。当时是当作散文诗来写的。这一集中的有些篇，如《钓人的孩子》、《职业》、《求雨》，就还有点散文诗的味道。散文诗和小说的分界处只有一道篱笆，并无墙壁（阿左林和废名的某些小说实际上是散文诗）。我一直以为短篇小说应该有一点散文诗的成分。把散文诗编入小说集，并非自我作古，我看到有些外国作家就这样办过。

第三，这和作者的气质有关。倪云林一辈子只能画平远小景，他不能像范宽一样气势雄豪，也不能像王蒙一样烟云满纸。我也爱看金碧山水和工笔重彩人物，但我画不来。我的调色碟里没有颜色，只是墨，从渴墨焦墨到浅得像清水一样的淡墨。有一次以矮纸尺幅画初春野树，觉得需要一点绿，我就挤了一点菠菜汁在上面。我的小说也像我的画一样，逸笔草草，不求形似。又我的小说往往是应刊物的急索，短稿较易承命。书被催成墨未浓，殊难计其工拙。

这一集里的小说和《汪曾祺短篇小说选》（北京出版社一九八二年出版），在思想上和方法上有些什么不同？很难说。几年的工夫，很难看出一个作者的作品有多少明显的变化。到了我这样的年龄，很难像青年作家一样会产生飞跃。我不像毕加索那样多变。不过比较而言，也可以说出一些。

从思想情绪上说，前一集更明朗欢快一些。那一集小说明显地受了三中全会的间接影响。三中全会一开，全国人民思想解放，情绪活跃，我的一些作品（如《受戒》、《大淖记事》）的调子是很轻快的。现在到了扎扎实实建设社会主义的时候了，现在是为经济的全面起飞做准备的阶段，人们都由欢欣鼓舞转向深思。我也不例外，小说的内容渐趋沉着。如果说前一集的小说较多抒情性，这一集则较多哲理性。我的作品和政治结合得不紧，但我这个人并不脱离政治。我的感怀寄托是和当前社会政治背景息息相关的。必须先论世，然后可以知人。离开了大的政治社会背景来分析作家个人的思想，是说不清楚的。我想，这是唯物主义的方法。当然，说不同，只是相对而言。如果把这一集的小说编入上一集，或把上一集的编入这一集，皆无不可。大体上，这两集都可以说是一个不乏热情，还算善良的中国作家八十年代初期的思想的记录。

在文风上，我是更有意识地写得平淡的。但我不能一味地平淡。一味平淡，就会流于枯瘦。枯瘦是衰老的迹象。我还不太服老。我愿意把平淡和奇崛结合起来。我的语言一般是流畅自然的，但时时会跳出一两个奇句、古句、拗句，甚至有点像是外国作家写出来的带洋味儿的句子。老夫聊发少年狂，诸君其能许我乎？另一点，我是更有意识地吸收民族传统的，在叙述方法上有时简直有点像旧小说，但是有时忽然来一点现代派的手法，意象、比喻，都是从外国移来的。这一点和前一点其实是一回事。奇，往往就有点洋。但是，我追求的是和谐。我希望融奇崛于平淡，纳外来于传统，能把它们揉在一起。奇和洋为了“醒脾”，但不能瞧着扎眼，“硌生”。

我已经六十三岁，不免有“晚了”之感，但思想好像还灵活，希望能抓紧时间，再写出一点。曾为友人画冬日菊花，题诗一首：

新沏清茶饭后烟，
自搔短发负晴暄。
枝头残菊开还好，
留得秋光过小年。

愿以自勉，且慰我的同代人。

如果继续写下去，应该写出一点更深刻，更有分量的东西。

是为序。

《蒲草集》小引

蒲草是一种短短的密集的小草，种在长方形的或腰圆形的紫砂盆或石盆中，放在书桌上，可以为房间增加一点绿色。这东西是毫不珍贵的，也很好养，时不时地给它喷一点水就行。常见的以书斋清供为题的画里往往有一盆蒲草，但不是画的主体，只是置之瓶花、怪石的一侧，作为一点陪衬，一点点缀。答应为文汇报增刊写一点杂记，以《蒲草集》作一个总题目，是因为这些杂记无足珍贵，只堪作点缀，也许能给版面增加一点绿色，其作用正与蒲草同。

这不是一个专栏。我怕开专栏，无端找一副嚼子戴上干什么？只能是这样：有得写，就写几篇；没得写，就空着，断断续续，长长短短。什么时候意兴已尽，就收场。

是为引。

《草花集》自序

我曾给《中国作家》画了一幅画，另题了一首诗。诗如下：

我有一好处，
平生不整人。
写作颇勤快，
人间送小温。
或时有佳兴，
伸纸画暮春。
草花随目见，
鱼鸟略似真。
只可自怡悦，
不堪持赠君。
君若亦欢喜，
携归尽一樽。

“草花”需要作一点解释。“草花”就是“草花”，不是“花草”的误写。北京人把不值钱的，容易种的花叫“草花”，如“死不了”、野茉莉、瓜叶菊、二月蓝、西番莲、金丝荷叶……“草花”是和牡丹、芍药、月季这些名贵的花相对而言的。草花也大都是草本。种这种花的都是寻常百姓家，不是高门大户。种花的盆也不讲究。有的种在盆里，有的竟是一个裂了缝的旧砂锅，甚至是旧木箱、破抽屉，能盛一点土就得。辛苦了一天，找个阴凉地方，端一个马扎或是折脚的藤椅，沏一壶茶，坐一坐，看着这些草花，闻闻带有青草气的草花的淡淡的香味，也是一种乐趣。我的散文多轻贱平常。因为出版社要求文章短小，一些篇幅较长，有点力量的散文都未选。于是这个集子就更加琐碎了。这真像北京人所说的“草花”，因名之为《草花集》。

散文是“家常的”文体，可以写得随便一些。但是散文毕竟是散文。我并不赞成什么内容都可以写进散文里去，什么文章都可以叫做散文，正如草花还是花，不是狗尾巴草。我这一集里的文章可能有一些连草花也够不上，只是一把狗尾巴草。那，就请择掉。

虫鱼鸟兽

伊犁闻鸠

到伊犁，行装甫卸，正洗着脸，听见斑鸠叫：

"鹁鸪鸪——咕！"

"鹁鸪鸪——咕……"

这引动了我的一点乡情。

我有很多年没有听见斑鸠叫了。

我的家乡是有很多斑鸠的。我家的荒废的后园的一棵树上，住着一对斑鸠。"天将雨，鸠唤妇"，到了浓阴将雨的天气，就听见斑鸠叫，叫得很急切：

"鹁鸪鸪，鹁鸪鸪，鹁鸪鸪……"

斑鸠在叫他的媳妇哩。

到了积雨将晴，又听见斑鸠叫，叫得很懒散：

"鹁鸪鸪——咕！"

"鹁鸪鸪——咕！"

单声叫雨，双声叫晴。这是双声，是斑鸠的媳妇回来啦。"——咕"，这是媳妇在应答。

是不是这样呢？我一直没有踏着挂着雨珠的青草去循声观察过。然而凭着鸠声的单双以占阴晴，似乎很灵验。我小时常常在将雨或将晴的天气里，谛听着鸣鸠，心里又快乐又忧愁，凄凄凉凉的，凄凉得那么甜美。

我的童年的鸠声啊。

昆明似乎应该有斑鸠，然而我没有听鸠的印象。

上海没有斑鸠。

我在北京住了多年，没有听过斑鸠叫。

张家口没有斑鸠。

我在伊犁，在祖国的西北边疆，听见斑鸠叫了。

“鹁鸪鸪——咕！”

“鹁鸪鸪——咕！”

伊犁的鸠声似乎比我的故乡的要低沉一些，苍老一些。

有鸠声处，必多雨，且多大树。鸣鸠多藏于深树间。伊犁多雨。伊犁在全新疆是少有的雨多的地方。伊犁的树很多。我所住的伊犁宾馆，原是苏联领事馆，大树很多，青皮杨多合抱者。

伊犁很美。

洪亮吉《伊犁记事诗》云：

> 鹁鸪啼处却春风，
> 宛与江南气候同。

注意到伊犁的鸠声的，不是我一个人。

灵通麻雀

闵兆华家有过一只很怪的麻雀。

这只麻雀跌在地上，折了一条腿（大概是小孩子拿弹弓打的），兆华的爱人捡了起来，给它上了一点消炎粉，用纱布裹巴裹巴，麻雀好了。好了，它就不走了。兆华有一顶旧棉帽子，挂在墙上，就成了它的窝。棉帽子里朝外，晚上，它钻进去，兆华的爱人把帽子翻了过来，它就在帽里睡一夜。天亮了，棉帽子往外一翻，它就忒楞楞楞要出来了。兆华家不给它预备鸟食。人吃什么它吃什么。吃饭的时候，它落在兆华爱人的肩上，兆华爱人随时喂它一口。它生了病——发烧，给它吃了一点四环素之类的药，也就好了。它每天就出去玩，但只要兆华爱人在窗口喊一声："鸟——"，它呼的一声就飞回来。

兆华爱人绣花。有时因事走开，麻雀就看着桌上的绣活，谁也不许动。你动一下，它就鹐你！

兆华领回了工资，放在大衣口袋里，麻雀会把钞票一张一张地叼出来，送到兆华爱人——它的主人的面前！

我知道这只麻雀的时候，它已经活了四年多，毛色变得很深，发黑了。

有一位鸟类学专家曾特地到兆华家去看过这只麻雀。他认为有两点不可解：

一、麻雀的寿命一般是两年，这只麻雀怎么能活了四年多呢？

二、鸟类一般是没有思维的。这只麻雀能看绣花，叼钞票，这算什么呢？能够说是思维么？

天地间有许多事情需要做新的探索。

猴王的罗曼史

游索溪峪，陪同我的老万说，有一处山坳里养着一群猴子，看猴子的人会唱猴歌，通猴语，他问我有没有兴趣去看看，我说：有！

看猴的五十多岁了，独臂，他说他家五代都在山里捉猴子。他说猴有猴群，“人”数不等，二三十只到近百只的都有，猴群有王。王是打出来的。每年都要打一次。哪一只公猴子把其他的公猴都打败了（母猴不参加），他就是猴王。猴王一到，所有的猴子都站在两边。除了大王，还有二王、三王。

这里的这群猴原来是山里的野猴，有一年下大雪，山里没吃的，猴群跑到这里来，他撒一点苞谷喂喂他们，这群猴就在这里定居了。

猴群里所有的母猴名义上都是猴王的姬妾，但是猴王有一个固定的大老婆，即猴后。别的母猴和其他公猴“做爱”，猴王也是睁一眼闭一眼，但是正室大夫人绝对不许乱搞。这群猴的猴后和别的公猴乱搞，被原先的猴王发现，他就把猴后痛打一顿，逐到山里去了。这猴后到山里跟另一猴群的二王结了婚，还生了个猴太子。后来这群猴的猴王死了，猴后回来看了看，就把她的第二个丈夫迎了来，招婿上门，当了这群猴的猴王。

谁是猴王？一看就看得出来。他比别的猴子要魁伟得多，毛色金黄发亮。脸型也有点特别，下腭不尖而方。双目炯炯，样子很威严，的确有点帝王气象。跟他贴身坐着的，想必即是猴后，也很像一位命妇。

猴王是有权的。两只猴子吵起来，甚至扭打起来，他会出面仲裁，大声呵叱，或予痛责。除此之外，也没有什么尊贵。小猴子手里的食物他照样抢过来吃。

我们问这位独臂老汉："你是通猴语么？"他说猴子有语言，有五十几个"字"，即能发出五十几种声音，每一种声音表示一定的意思。 有几个外地来的青年工人和猴子玩了半天，喂猴吃东西，还和猴子一起照了很多相。他们站起身来要走了，猴王猴后并肩坐在铁笼里吭吭地叫了几声，神情似颇庄重。我问看猴人："他们说什么？"他说："你们走了，再见！"这几个青年走上山坡，将要拐弯，猴王猴后又吭吭了几声。我问看猴老汉："这是什么意思？"他说："他们说：慢走。"

我不大相信。可是等我和老万向看猴老汉告辞的时候，猴王猴后又复并肩而坐，吭吭几声；等我们走上山坡，他们又是同样地吭吭叫了几声。我不得不相信这位朴朴实实的独臂看猴老汉所说的一切。

我向老汉建议：应当把猴语的五十几个单音字录下来，由他加以解释，留一份资料。他说管理处的小张已经录了。

老万告我：这老汉会唱猴歌。他一唱猴歌，山里的猴子就会奔来。我问他："你会唱猴歌吗？"他说："猴歌啊？……"笑而不答，不置可否。

夏天的昆虫

蝈蝈

蝈蝈我们那里叫做“叫蚰子”。因为它长得粗壮结实，样子也不大好看，还特别在前面加一个“侉”字，叫做“侉叫蚰子”。这东西就是会呱呱地叫。有时嫌它叫得太吵人了，在它的笼子上拍一下，它就大叫一声：“呱！——”停止了。它什么都吃。据说吃了辣椒更爱叫，我就挑顶辣的辣椒喂它。早晨，掐了南瓜花（谎花）喂它，只是取其好看而已。这东西是咬人的。有时捏住笼子，它会从竹篾的洞里咬你的指头肚子一口！

别有一种秋叫蚰子，较晚出，体小，通身碧绿如玻璃料，叫声轻脆。秋叫蚰子养在牛角做的圆盒中，顶面有一块玻璃。我能自己做这种牛角盒子，要紧的是弄出一块大小合适的圆玻璃。把玻璃放在水盆里，用剪子剪，则不碎裂。秋叫蚰子价钱比侉叫蚰子贵得多。养好了，可以越冬。

叫蛐子是可以吃的。得是三尾的，腹大多子。扔在枯树枝火中，一会就熟了。味极似虾。

蝉

蝉大别有三类。一种是“海溜”，最大，色黑，叫声洪亮。这是蝉里的“楚霸王”，生命力很强。我曾捉了一只，养在一个断了发条的旧座钟里，活了好多天。一种是“嘟溜”，体较小，绿色而有点银光，样子最好看，叫声也好听：“嘟溜——嘟溜——嘟溜”。一种叫“叽溜”，最小，暗赭色，也是因其叫声而得名。

蝉喜欢栖息在柳树上。古人常画“高柳鸣蝉”，是有道理的。

北京的孩子捉蝉用粘竿，——竹竿头上涂了粘胶。我们小时候则用蜘蛛网。选一根结实的长芦苇，一头撅成三角形，用线缚住，看见有大蜘蛛网就一绞，三角里络满了蜘蛛网，很粘。瞅准了一只蝉，轻轻一捂，蝉的翅膀就被粘住了。

“佝偻丈人承蜩”，不知道用的是什么工具。

蜻蜓

家乡的蜻蜓有三种。

一种极大，头胸浓绿色，腹部有黑色的环纹，尾部两侧有革质的小圆片，叫做“绿豆钢”。这家伙厉害得很，飞时巨大的翅膀磨得嚓嚓地响。或捉之置室内，它会对着窗玻璃猛撞。

一种即常见的蜻蜓，有灰蓝色和绿色的。蜻蜓的眼睛很尖，但到黄昏后眼力就有点不济。它们栖息着不动，从后面轻轻伸手，一捏就能捏住。玩蜻蜓有一种恶作剧的玩法：掐一根狗尾巴草，把草茎插进蜻蜓的屁股，一撒手，蜻蜓就带着狗尾草的穗子飞了。

一种是红蜻蜓。不知道什么道理，说这是灶王爷的马。

另有一种纯黑的蜻蜓。身上、翅膀都是深黑色，我们叫它鬼蜻蜓，因为它有点鬼气。也叫“寡妇”。

刀螂

刀螂即螳螂。螳螂是很好看的。螳螂的头可以四面转动。螳螂翅膀嫩绿，颜色和脉纹都很美。昆虫翅膀好看的，为螳螂，为纺织娘。

或问：你写这些昆虫什么意思？答曰：我只是希望现在的孩子也能玩玩这些昆虫，对自然发生兴趣。现在的孩子大都只在电子玩具包围中长大，未必是好事。

野鸭子是候鸟吗?

——美国家书

爱荷华河里常年有不少野鸭子，游来游去，自在得很。听在这个城市里住了二十多年的老住户说，这些野鸭子原来也是候鸟，冬天要飞走的（爱荷华气候跟北京差不多，冬天也颇冷，下大雪），近二三年，它们不走了，因为吃得太好了。你拿面包扔在它们的身上，它们都不屑一顾。到冬天，爱荷华大学的学生用棉花给它们在大树下絮了窝，它们就很舒服地躲在里面。它们不但是“公寓”，简直像要永久定居了。动物的生活习性也是可以改变的。这些野鸭都长得极肥大，看起来和家鸭差不多。

在美国，汽车压死一只野鸭子是要罚钱的。高速公路上有一只野鸭子，汽车就得停下来，等它不慌不忙地横穿过去。

诗人保罗·安格尔的家（他家的门上钉了一块铜牌，下面一行是安格尔的姓，上面一行是两个隶书的中国字“安寓”，这一定是夫人聂华苓的主意）在一个小山坡上，下面即是公路。由公路到安寓也就是二百米。他家后面有一小块略为倾斜的空地。每天都有一些浣熊来拜访。给这些浣熊投放面包，成了安格尔的日课。安格尔七十九岁生日，我写了一首打油诗送给他。中有句云：

心闲如静水，
无事亦匆匆。
弯腰拾山果，
投食食浣熊。

聂华苓说："他就是这样，一天为这样的事忙忙叨叨。"浣熊有点像小熊猫，尾巴有节，但较短，颜色则有点像大熊猫，黑白相间，胖乎乎的，样子很滑稽。它们用前爪捧着面包片，忙忙地嚼啮，有时停下来，向屋里看两眼。我们和它们只隔了一扇安了玻璃的门，真是近在咫尺。除了浣熊，还有鹿。有时三只、四只，多的时候会有七只。安格尔喂它们玉米粒，它们的"餐厅"地势较浣熊的略高，玉米粒均匀地撒在草地上。一般情况下，它们大都在下午光临。隔着窗户，可以静静地看它们半天。它们吃玉米粒，安格尔和我喝"波尔本"，彼此相安无事。离开汽车不断奔驰的公路只有两百米的地方有浣熊，有鹿，这在中国是不可想象的事。乌热尔图曾和安格尔开玩笑，说："我要是有一支枪，就可以打下一只鹿。"安格尔说："你拿枪打它，我就拿枪打你！"

美国的动物不知道怕人。我在爱荷华大学校园里看见一只野兔悠闲地穿过花圃，旁若无人。它不时还要停下来，四边看看。它是在看风景，不是看有没有"敌情"。

在斯勃凌菲尔德的林肯故居前草地看见一只松鼠走过。我在中国看到的松鼠总是窜来窜去，惊惊慌慌，随时做逃走的准备，像这样在平地上“走”着的松鼠，还是头一次见到。

白宫前面草坪上有很多松鼠，有人用面包喂它们，松鼠即于人的手掌中就食，自来自去，对人了无猜疑。

在保护动物这一点上，我觉得美国人比咱们文明。他们是绝对不会用枪打死白天鹅的。

呼雷豹

京剧《南阳关》有一句唱词：

尚司徒跨下呼雷豹

旧本《戏考》上是这样写的。小时候看戏，以为尚司徒骑的是一只豹，而且这只豹能够“呼雷”，以为这是个《封神榜》上的人物，虽然戏台上尚司徒只是摇着一根马鞭，看不出他骑的是什么。

十多年前，在内蒙认识一个抗日战争时期在草原打过游击的姓曹的同志，他说起他当时骑的是一匹“豹花马”。后来在草原上他指给我看一匹黑白斑点相杂的马，说：“这就是豹花马。”我恍然大悟，“豹花马”的“豹”应该写成“驳”。《辞海》“驳”字条云“马毛色不纯”，引《诗·豳风·东山》：“皇驳其马。”毛传：“白曰驳。”马的毛色不纯，都可叫做驳，不过似乎又专指黑白斑点相杂的马。有一种鸡，羽毛黑白斑点相杂，很多地方叫它“芦花鸡”，那位姓曹的同志告诉我，内蒙叫“驳花鸡”，可为旁证。那么尚司徒胯下的原是黑白斑点相杂的马，不是金钱豹。“驳”字《辞海》音bó，读成bào，只是字调的变化。

为什么叫“呼雷驳”？“呼雷”，即“忽律”，声之转也，“忽律”即鳄鱼（出处偶忘，但我是记得不错的）。《水浒传》的朱贵绰号“旱地忽律”，是说他像一条旱地上的鳄鱼。鳄鱼身上是黑白相杂，斑斑点点的。“呼雷驳”者，有像鳄鱼那样黑白相杂的斑点的马也。

这种马是名马，曾见张大千摹宋人《杨妃上马图》，杨贵妃要骑上去的正是一匹驳花马。

由此想到《三国演义》上关云长骑的“赤兔马”的“兔”，大概也不能照字面解释。马像个兔子，无神骏可言，而且马哪儿都不像兔。曾在内蒙读过一本《内蒙文史资料》，记一个在包头做生意的山西掌柜的，因为急事，骑上他的千里驹“沙力兔”连夜直返太原，“兔”可能是骏马的一种，而且我怀疑“兔”是少数民族语言的译音。

中国古代人善于识马，《说文》、《尔雅》多有记载，其区别主要在毛色。现代人对马的知识就很少了。牧区的少数民族还能说出很多马的名称，汉民，即使生活在草原附近的，除了白马、黑马，大概只能说出“黄骠马”、“枣骝马”等等不多的几种。画马的名家如徐悲鸿、尹瘦石、刘勃舒……能够分辨出几种？居住在城市里的青年，能说得出好多汽车的牌号：丰田、福特、奔驰、皇冠，还有一些曲里拐弯很难念的牌号，并且一眼就分得出坐车人的级别；对马的区别，就茫然了。这是时地使然，原无足怪。但是我还是希望精通马道的人能写出一本《中国马谱》，否则读起古书就很难得其仿佛。载涛想是能写马谱的，可惜他已经故去了。

雁不栖树

苏东坡《卜算子》:

> 缺月挂疏桐，漏断人初静。谁见幽人独往来？缥缈孤鸿影。
>
> 惊起却回头，有恨无人省。拣尽寒枝不肯栖，寂寞沙洲冷。

苕溪渔隐曰:“‘拣尽寒枝不肯栖’之句，或云：鸿雁未尝栖宿树枝，惟在田野苇丛间，此亦语病也。”雁不落在树上，只在田野苇丛间，这是常识，苏东坡会不知道么？他是知道的。他的诗《高邮陈直躬处士画雁》一开头说:“野雁见人时，未起意先改。君从何处看？得此无人态。”虽未说出雁出何处，但给人的感觉是在沙滩上。下面就说得很清楚了:“北风振枯苇，微雪落璀璀。惨澹云水昏，晶荧沙砾碎。”然而苏东坡怎么会搞出这样语病来呢？

这首词的副题作“黄州定慧院寓居作”。“缺月挂疏桐，漏断人初静”，是庭院中的即景。这只孤雁怎会在缺月疏桐之间飞来飞去呢？或者说：雁想落在疏桐的寒枝上，但又觉得不是地方，想回到沙洲，沙洲又寂寞而冷，于是很彷徨。不过这样解词未免穿凿。一首看来没有问题，很好懂的词竟成了谜语，这是我初读此词时所未想到的。

《能改斋漫录卷十六》：“东坡先生居黄州，作卜算子云云，其属意盖为王氏女子也，读者不能解。”这里似乎还有个浪漫故事。是怎么回事，猜不出。《漫录》又云：“张右史文潜继贬黄州，访潘邠老，当得其详，题诗以志之”，读张文潜的题诗，更觉得莫名其妙。

雁为什么不能栖在树上？因为雁的脚趾是不能弯曲的，抓不住树枝。雁、鹅、鸭都是这样。不能“赶着鸭子上架”，因为鸭脚在架上待不住。鸟类的脚趾有一些是不能弯曲的。画眉可以待在“栖棍”上，百灵就不能，只能在砂底上跳来跳去，“哨”的时候也只能立在“台”上。

录音压鸟

听到一种鸟声："光棍好苦。"奇怪！这一带都是楼房，怎么会飞来一只"光棍好苦"呢？

鸟声使我想起南方的初夏、雨声、绿。"光棍好苦"也叫"割麦插禾"、"媳妇好苦"，这种鸟的学名是什么，我一直没有弄清楚，也许是"四声杜鹃"吧。接着又听见布谷鸟的声音："咕咕，咕咕"。唔？我明白了：这是谁家把这两种鸟的鸣声录了音，在屋里放着玩呢，——季节也不对，九、十月不是"光棍好苦"和布谷叫的时候。听听鸟叫录音，也不错，不像摇滚乐那样吵人。不过他一天要放好多遍。一天下楼，又听见。我问邻居：

"这是谁家老放'光棍好苦'？"

"八层！养了一只画眉，'压'他那只鸟哪！"

过了几天，八层的录音又添了一段，母鸡下蛋：咯咯咯咯、咯咯咯、咯咯咯咯嗒……

又过了几天，又续了一段：咪——噢，咪——噢。小猫。

我于是肯定，邻居的话不错。

培训画眉学习鸣声，北京叫做“压”鸟。“压”亦写作“押”。

北京人养画眉，讲究有“口”。有的画眉能有十三或十四套口，即能学十三四种叫声。比较一般的是苇咋子（一种小水鸟）、山喜鹊（蓝灰色）、大喜鹊，还有“伏天儿”（蝉之一种），鸣声如“伏天伏天……”我一天和女儿在玉渊潭堤上散步，听见一只画眉学猫叫，学得真像，我女儿不禁笑出声来：“这不是自己吓唬自己吗？”听说有一只画眉能学“麻雀争风”：两只麻雀，本来挺好，叫得很亲热；来了个第三者，跟母麻雀调情，公麻雀生气了，和第三者打了起来；结果是第三者胜利了，公麻雀被打得落荒而逃，母麻雀和第三者要好了，在一处叫得很亲热。一只画眉学三只鸟叫，还叫出了情节，我真有点不相信。可是养鸟的行家都说这是真事。听行家们说，压鸟得让画眉听真鸟，学山喜鹊就让它听山喜鹊，学苇咋子就听真苇咋子；其次，就是向别的有“口”的画眉学。北京养画眉的每天集中在一起，谓之“会鸟”，目的之一就是让画眉互相学习。靠听录音，是压不出来的！玉渊潭有一年飞来了一只“光棍好苦”，一只布谷，有一位，每天拿着录音机，追踪这两只鸟。我问养鸟的行家：“他这是干什么？”——“想录下来，让画眉学，——瞎白！”

北京养画眉的大概有不少人想让画眉学会“光棍好苦”和布谷。不过成功的希望很小。我还没听到一只画眉有这一套“口”的。那位不辞辛苦跟踪录音的“主儿”也是不得已。“光棍好苦”和布谷北京极少来，来了，叫两天就飞走了。让画眉跟真的“光棍好苦”和布谷学，“没门儿！”

我们楼八层的小伙子（我无端地觉得这个养画眉的是个年轻人，一个生手）录的这四套“学习资料”，大概是跟别人转录来的。他看来急于求成，一天不知放多少遍录音。一天到晚，老听他的“光棍好苦”、“咕咕”、“咯咯咯咯嗒”、“喵呜”，不免有点叫人厌烦。好在，我有点幸灾乐祸地想，这套录音大概听不了几天了，他这只画眉是只“生鸟”，“压”不出来的。

我不反对画眉学别的鸟或别的什么东西的声音（有的画眉能学旧日北京推水的独轮小车吱吱扭扭的声音；有一阵北京抓社会治安，不少画眉学会了警车的尖利的叫声，这种不上“谱”的叫声，谓之“脏口”，养画眉的会一把抓出来，把它摔死）。也许画眉天生就有学这些声音的习性。不过，我认为还是让画眉“自觉自愿”地学习，不要灌输，甚至强迫。我担心画眉忙着学这些声音，会把它自己本来的声音忘了。画眉本来的鸣声是很好听的。让画眉自由地唱它自己的歌吧！

昆虫备忘录

复眼

我从小学三年级“自然”教科书上知道蜻蜓是复眼，就一直捉摸复眼是怎么回事。“复眼”，想必是好多小眼睛合成一个大眼睛。那它怎么看呢？是每个小眼睛都看到一个小形象，合成一个大形象？还是每个小眼睛看到形象的一部分，合成一个完整形象？捉摸不出来。

凡是复眼的昆虫，视觉都很灵敏。麻苍蝇也是复眼，你走近蜻蜓和麻苍蝇，还有一段距离，它就发现了，噌——飞了。

我曾经想过：如果人长了一对复眼？

还是不要！那成什么样子！

蚂蚱

河北人把尖头绿蚂蚱叫“挂大扁儿”。西河大鼓里唱道：“挂大扁儿甩子在那荞麦叶儿上。”这句唱词有很浓的季节感。为什么叫“挂大扁儿”呢？我怪喜欢“挂大扁儿”这个名字。

我们那里只是简单地叫它蚂蚱。一说蚂蚱，就知道是指尖头绿蚂蚱。蚂蚱头尖，徐文长曾觉得它的头可以蘸了墨写字画画，可谓异想天开。

尖头蚂蚱是国画家很喜欢画的。画草虫的很少没有画过蚂蚱。齐白石、王雪涛都画过。我小时也画过不少张，只为它的形态很好掌握，很好画，——画纺织娘，画蝈蝈，就比较费事。我大了以后，就没有画过蚂蚱。前年给一个年轻的牙科医生画了一套册页，有一页里画了一只蚂蚱。

蚂蚱飞起来会格格作响，不知道它是怎么弄出这种声音的。蚂蚱有鞘翅，鞘翅里有膜翅。膜翅是淡淡的桃红色的，很好看。

我们那里还有一种“土蚂蚱”，身体粗短，方头，色黑如泥土，翅上有黑斑。这种蚂蚱，捉住它，它就吐出一泡褐色的口水，很讨厌。

天津人所说的“蚂蚱”，实是蝗虫。天津的“烙饼卷蚂蚱”，卷的是焙干了的蝗虫肚子。河北省人嘲笑农民谈吐不文雅，说是“蚂蚱打喷嚏——满嘴的庄稼气”，说的也是蝗虫。蚂蚱还会打喷嚏？这真是“糟改”庄稼人！

小蝗虫名蝻。有一年，我的家乡闹蝗虫，在这以前，大街上一街蝗蝻乱蹦，看着真是不祥。

花大姐

瓢虫款款地落下来了，折好它的黑绸衬裙——膜翅，顺顺溜溜；收拢硬翅，严丝合缝。瓢虫是做得最精致的昆虫。

做的？谁做的？

上帝。

上帝？

上帝做了一些小玩意儿，给他的小外孙女儿玩。

上帝的外孙女儿？

对。上帝说："给你！好看吗？"

"好看！"

上帝的外孙女儿？

对！

瓢虫是昆虫里面最漂亮的。

北京人叫瓢虫为"花大姐"，好名字！

瓢虫，朱红的，瓷漆似的硬翅，上有黑色的小圆点。圆点是有定数的，不能瞎点。黑点，叫做"星"。有七星瓢虫、十四星瓢虫……星点不同，瓢虫就分为两大类。一类是吃蚜虫的，是益虫；一类是吃马铃薯的嫩叶的，是害虫。我说吃马铃薯嫩叶的瓢虫，你们就不能改改口味，也吃蚜虫吗？

独角牛

吃晚饭的时候，呜——扑！飞来一只独角牛，摔在灯下。它摔得很重，摔晕了。轻轻一捏，就捏住了。

独角牛是硬甲壳虫，在甲虫里可能是最大的，从头到脚，约有二寸。甲壳铁黑色，很硬。头部尖端有一只犀牛一样的角。这家伙，是昆虫里的霸王。

独角牛的力气很大。北京隆福寺过去有独角牛卖。给它套上一辆泥制的小车，它就拉着走。北京管这个大力士好像也叫做独角牛。学名叫什么，不知道。

磕头虫

我抓到一只磕头虫。北京也有磕头虫？我觉得很惊奇。我拿给我的孩子看，以为他们不认识。

“磕头虫，我们小时候玩过。”

哦。

磕头虫的脖子不知道怎么有那么大的劲，把它的肩背按在桌面上，它就吧嗒吧嗒的不停地磕头。把它仰面朝天放着，它运一会儿气，脖子一挺，就反弹得老高，空中转体，正面落地。

蝇虎

蝇虎，我们那里叫做苍蝇虎子，形状略似蜘蛛而长，短脚，灰黑色，有细毛，趴在砖墙上，不注意是看不出来的。蝇虎的动作很快，苍蝇落在它面前，还没有站稳，已经被它捕获，来不及嘤地叫一声，就进了苍蝇虎子的口了。蝇虎的食量惊人，一只苍蝇，眨眼之间就吃得只剩一张空皮了。

苍蝇是很讨厌的东西，因此人对蝇虎有好感，不伤害它。

捉一只大金苍蝇喂苍蝇虎子，看着它吃下去，是很解气的。苍蝇虎子对送到它面前的苍蝇从来不拒绝。苍蝇虎子不怕人。

狗蝇

世界上最讨厌的东西是狗蝇。狗蝇钻在狗毛里叮狗，叮得狗又疼又痒，烦躁不堪，发疯似地乱蹦，乱转，乱骂人，——叫。

猫

我不喜欢猫。

我的祖父有一只大黑猫。这只猫很老了，老得懒得动，整天在屋里趴着。

从这只老猫我知道猫的一些习性：

猫念经。猫不知道为什么整天“念经”，整天呜噜呜噜不停。这呜噜呜噜的声音不知是从哪里发出来的，怎么发出来的。不是从喉咙里，像是从肚子里发出的。呜噜呜噜……真是奇怪。别的动物没有这样不停地念经的。

猫洗脸。我小时洗脸很马虎，我的继母说我是猫洗脸。猫为什么要“洗脸”呢？

猫盖屎。北京人把做了见不得人的事想遮掩而又遮不住，叫“猫盖屎”。猫怎么知道拉了屎要盖起来的？谁教给它的？——母猫，猫的妈？

我的大伯父养了十几只猫。比较名贵的是玳瑁猫——有白、黄、黑色的斑块。如是狮子猫，即更名贵。其他的猫也都有品，如“铁棒打三桃”，——白猫黑尾，身有三块桃形的黑斑；“雪里拖枪”；黑猫、白猫、黄猫、狸猫……

我觉得不论叫什么名堂的猫，都不好看。

只有一次，在昆明，我看见过一只非常好看的小猫。

这家姓陈，是广东人。我有个同乡，姓朱，在轮船上结识了她们，母亲和女儿，攀谈起来。我这同乡爱和漂亮女人来往。她的女儿上小学了。女儿很喜欢我，爱跟我玩。母亲有一次在金碧路遇见我们，邀我们上她家喝咖啡。我们去了。这位母亲已经过了三十岁了，人很漂亮，身材高高的，腿很长。她看人眼睛眯眯的，有一种恍恍惚惚的成熟的美。她斜靠在长沙发的靠枕上，神态有点慵懒。在她脚边不远的地方，有一个绣墩，绣墩上一个墨绿色软缎圆垫上卧着一只小白猫。这猫真小，连头带尾只有五六寸，雪白的，白得像一团新雪。这猫也是懒懒的，不时睁开蓝眼睛顾盼一下，就又闭上了。屋里有一盆很大的素心兰，开得正好。好看的女人、小白猫、兰花的香味，这一切是一个梦境。

猫的最大的劣迹是交配时大张旗鼓地嚎叫。有的地方叫做“猫叫春”，北京谓之“闹猫”。不知道是由于快感或痛感，郎猫女猫（这是北京人的说法，一般地方都叫公猫、母猫）一递一声，叫起来没完，其声凄厉，实在讨厌。鲁迅“仇猫”，良有以也。有一老和尚为其叫声所扰，以至不能入定，乃作诗一首。诗曰：

春叫猫儿猫叫春，

看它越叫越来神。

老僧亦有猫儿意，

不敢人前叫一声。

下大雨

雨真大。下得屋顶上起了烟。大雨点落在天井的积水里砸出一个一个丁字泡。我用两手捂着耳朵，又放开，听雨声：呜——哇；呜——哇。下大雨，我常这样听雨玩。

雨打得荷花缸里的荷叶东倒西歪。

在紫薇花上采蜜的大黑蜂钻进了它的家。它的家是在椽子上用嘴咬出来的圆洞，很深。大黑蜂是一个“人”过的。

紫薇花湿透了，然而并不被雨打得七零八落。

麻雀躲在檐下，歪着小脑袋。

蜻蜓倒吊在树叶的背面。

哈，你还在呀！一只乌龟。这只乌龟是我养的。我在龟甲边上钻了一个小洞，用麻绳系住了它，拴在柜橱脚上。有一天，不见了。它不知怎么跑出去了。原来它藏在老墙下面一块断砖的洞里。下大雨，它出来了。它昂着脑袋看雨，慢慢地爬到天井的水里。

草木虫鱼鸟兽

雁

“爬山调”：“大雁南飞头朝西……”

诗人韩燕如告诉我，他曾经用心观察过，确实是这样。他惊叹草原人民对生活的观察的准确而细致。他说：“生活！生活！……”

为什么大雁南飞要头朝着西呢？草原上的人说这是依恋故土。“爬山调”是用这样的意思作比喻和起兴的。

“大雁南飞头朝西……”

河北民歌：“八月十五雁门开，孤雁头上带霜来……”“孤雁头上带霜来”，这写得多美呀！

琥珀

我在祖母的首饰盒子里找到一个琥珀扇坠。一滴琥珀里有一只小黄蜂。琥珀是透明的，从外面可以清清楚楚地看到黄蜂。触须、翅膀、腿脚，清清楚楚，形态如生，好像它还活着。祖母说，黄蜂正在飞动，一滴松脂滴下来，恰巧把它裹住。松脂埋在地下好多年，就成了琥珀。祖母告诉我，这样的琥珀并非罕见，值不了多少钱。

后来我在一个宾馆的小卖部看到好些人造琥珀的首饰。各种形状的都有，都琢治得很规整，里面也都压着一个昆虫。有一个项链上的淡黄色的琥珀片里竟压着一只蜻蜓。这些昆虫都很完整，不缺腿脚，不缺翅膀，但都是僵直的，缺少生气。显然这些昆虫是弄死了以后，被精心地，端端正正地压在里面的。

我不喜欢这种里面压着昆虫的人造琥珀。

我的祖母的那个琥珀扇坠之所以美，是因为它是偶然形成的。

美，多少要包含一点偶然。

瓢虫

瓢虫有好几种，外形上的区别在鞘翅上有多少黑点。这种黑点，昆虫学家谓之“星”。有七星瓢虫、十四星瓢虫、二十星瓢虫……有的瓢虫是益虫，它吃蚜虫，是蚜虫的天敌；有的瓢虫是害虫，吃马铃薯的嫩芽。

瓢虫的样子是差不多的。

中国画里很早就有画瓢虫的了。通红的一个圆点，在绿叶上，很显眼，使画面增加了生趣。

齐白石爱画瓢虫。他用藤黄涂成一个葫芦，上面栖息了一只瓢虫，对比非常鲜明。王雪涛、许麟庐都画过瓢虫。

谁也没有数过画里的瓢虫身上有几个黑点，指出这只瓢虫是害虫还是益虫。

科学和艺术有时是两回事。

瓢虫像一粒用朱漆制成的小玩意。

北京的孩子（包括大人）叫瓢虫为“花大姐”，这个名字很美。

螃蟹

螃蟹的样子很怪。

《梦溪笔谈》载：关中人不识螃蟹。有人收得一只干蟹，人家病虐，就借去挂在门上。——中国过去相信生虐疾是由于虐鬼作祟。门上挂了一只螃蟹，虐鬼不知道这是什么玩意，就不敢进门了。沈括说：不但人不识，鬼亦不识也。“不但人不识，鬼亦不识也”，这说得很幽默！

在拉萨八角街一家卖藏药的铺子里看到一只小螃蟹，蟹身只有拇指大，金红色的，已经干透了，放在一只盘子里。大概西藏人也相信这只奇形怪状的虫子有某种魔力，是能治病的。

螃蟹为什么要横着走呢？

螃蟹的样子很凶恶，很奇怪，也很滑稽。

凶恶和滑稽往往近似。

豆芽

朱小山去点豆子。地埂上都点了，还剩一把，他懒得带回去，就搬起一块石头，把剩下的豆子都塞到石头下面。过了些日子，朱小山发现：石头离开地面了。豆子发了芽，豆芽把石头顶起来了。朱小山非常惊奇。

朱小山为这件事惊奇了好多年。他跟好些人讲起过这件事。

有人问朱小山："你老说这件事是什么意思？是要说明一种什么哲学吗？"

朱小山说："不，我只是想说说我的惊奇。"

过了好些年，朱小山成了一个知名的学者，他回他的家乡去看看。他想找到那块石头。他没有找到。

落叶

冻云欲湿上元灯，
漠漠春阴柳未青。
行过玉渊潭畔路，
去年残叶太分明。

汽车开过湖边，
带起一群落叶。
落叶追着汽车，
一直追得很远。
终于没有力气了，
又纷纷地停下了。

“你神气什么？
还的的地叫！”
“甭理它。
咱们讲故事。”
“秋天，
早晨的露水……”

啄木鸟

啄木鸟追逐着雌鸟，
红胸脯发出无声的喊叫，
它们一翅飞出树林，
落在湖边的柳梢。
不知从哪里钻出一个孩子，
一声大叫。
啄木鸟吃了一惊，
它身边已经没有雌鸟。
不一会树林里传出啄木的声音，
它已经忘记了刚才的烦恼。

狼的母性

香港大概没有狼。

中国很多地方有狼。

绍兴有狼。鲁迅写的祥林嫂的孩子阿毛就是被狼吃了的。

昆明有狼。我在昆明郊区看到一些人家的砖墙上用石炭画了一个一个的白圈，问人：这是干什么？答曰：是防狼的。狼性多疑，它怕中了圈套。

张家口有狼。口外长途车站有一个站名就叫狼窝沟。在张家口想买一件狼皮褥子毫不费事，也很便宜。狼皮褥子可以隔潮，垫了狼皮褥子不易得风湿。我在张家口的沙岭子下放劳动了三年，有一只狼老来偷果园里的葡萄，而且专偷“白香蕉”。白香蕉是葡萄的名种，果粒色白，而有香蕉味道。后来叫一个农业工人用步枪打死了。剖开肚子，一肚子都是白香蕉！

呼和浩特有狼。

大青山狼多。狼多昼伏夜出。有一个在山里打过游击的朋友告诉我：“那几年，狼下山，我下山，狼回山，我回山。”有一个游击队员在半山睡着了，一只狼爬到他身上，他惊醒了，两手掐住狼脖子不放，竟把狼掐死了。后来熟人见他都开玩笑：“武松打虎，××掐狼。”

游击队在山里行军，发现三只小狼埋在沙坑里，只露出三个小脑袋。一个小战士很奇怪。问人：“这是怎么回事？”一个有经验的老战士告诉他：“小狼出痘子，母狼就把它们用砂土埋起来，过几天再刨出来。”小战士把三只小狼刨出来，背走了。这一下惹了麻烦：游击队到哪里，母狼跟到哪里。蹲在不远的地方哀叫，一叫一黑夜。又不能开枪打，怕暴露目标。叫了几夜，后来小战士听了老战士的劝，把小狼放了，晚上宿营，才能睡个安生觉。

呼伦贝尔有狼。

海拉尔，离市区不远的山里有一窝狼，两只老狼，三只狼崽子。有一个农民知道了，趁老狼不在的时候把狼崽子掏了。畜产公司收购，大狼一只三十块钱，小狼十五。三只小狼能卖四十五块钱。老狼回来了。就找掏狼崽子的人。找到海拉尔桥头，没办法了。原来这个农民很有经验，知道老狼会循着他身上的气味跟踪的，——狼鼻子非常尖，他到了海拉尔桥就下了河，从河里走了。河水把他的气味冲走了。线索断了。这两只老狼就连夜祸害桥边的村子，咬死了几个孩子。狼急疯了，要报复。后来是动用了解放军，围剿了一夜，才把老狼打死了。

北京人的遛鸟

遛鸟的人是北京人里头起得最早的一拨。每天一清早，当公共汽车和电车首班车出动时，北京的许多园林以及郊外的一些地方空旷、林木繁茂的去处，就已经有很多人在遛鸟了。他们手里提着鸟笼，笼外罩着布罩，慢慢地散步，随时轻轻地把鸟笼前后摇晃着，这就是“遛鸟”。他们有的是步行来的，更多的是骑自行车来的。他们带来的鸟有的是两笼——多的可至八笼。如果带七八笼，就非骑车来不可了。车把上、后座、前后左右都是鸟笼，都安排得十分妥当。看到它们平稳地驶过通向密林的小路，是很有趣的，——骑在车上的主人自然是十分潇洒自得，神清气朗。

养鸟本是清朝八旗子弟和太监们的爱好，“提笼架鸟”在过去是对游手好闲，不事生产的人的一种贬词。后来，这种爱好才传到一些辛苦忙碌的人中间，使他们能得到一些休息和安慰。我们常常可以在一个修鞋的、卖老豆腐的、钉马掌的摊前的小树上看到一笼鸟。这是他的伙伴。不过养鸟的还是以上岁数的较多，大都是从五十岁到八十岁的人，大部分是退休的职工，在职的稍少。近年在青年工人中也渐有养鸟的了。

北京人养的鸟的种类很多。大别起来，可以分为大鸟和小鸟两类。大鸟主要是画眉和百灵，小鸟主要是红子、黄鸟。

鸟为什么要“遛”？不遛不叫。鸟必须习惯于笼养，习惯于喧闹扰攘的环境。等到它习惯于与人相处时，它就会尽情鸣叫。这样的一段驯化，术语叫做“压”。一只生鸟，至少得“压”一年。

让鸟学叫，最直接的办法是听别的鸟叫，因此养鸟的人经常聚会在一起，把他们的鸟揭开罩，挂在相距不远的树上，此起彼歇地赛着叫，这叫做“会鸟儿”。养鸟人不但彼此很熟悉，而且对他们朋友的鸟的叫声也很熟悉。鸟应该向哪只鸟学叫，这得由鸟主人来决定。一只画眉或百灵，能叫出几种“玩意”，除了自己的叫声，能学山喜鹊、大喜鹊、伏天、苇咋子、麻雀打架、公鸡打架、猫叫、狗叫。

曾见一个养画眉的用一架录音机追逐一只布谷鸟，企图把它的叫声录下，好让他的画眉学。他追逐了五个早晨（北京布谷鸟是很少的），到底成功了。

鸟叫的音色是各色各样的。有的宽亮，有的窄高；有的鸟聪明，一学就会；有的笨，一辈子只能老实巴交地叫那么几声。有的鸟害羞，不肯轻易叫；有的鸟好胜，能不歇气地叫一个多小时！

养鸟主要是听叫，但也重相貌。大鸟主要要大，但也要大得匀称。画眉讲究“眉子”（眼外的白圈）清楚。百灵要大头，短喙。养鸟人对于鸟自有一套非常精细的美学标准，而这种标准是他们共同承认的。

因此，鸟的身份悬殊极大。一只生鸟（画眉或百灵）值二三元人民币，甚至还要少，而一只长相俊秀能唱十几种“曲调”的值一百五十元，相当于一个熟练工人一个月的工资。

养鸟是很辛苦的。除了遛，预备鸟食也很费事。鸟一般要吃拌了鸡蛋黄的棒子面或小米面，牛肉——把牛肉焙干，碾成细末。经常还要吃“活食”，——蚱蜢、蟋蟀、玉米虫。

养鸟人所重视的，除了鸟本身，便是鸟笼。鸟笼分圆笼、方笼两种。一般的鸟笼值一二十元，有的雕镂精细，近于“鬼工”，贵得令人咋舌。——有人不养鸟，专以搜集名贵鸟笼为乐。鸟笼里大有高低贵贱之分的是鸟食罐。一副雍正青花的鸟食罐，已成稀世的珍宝。

除了笼养听叫的鸟，北京人还有一种养在“架”上的鸟。所谓架，是一截树杈。养这类鸟的乐趣是训练它“打弹”，养鸟人把一个弹丸扔在空中，鸟会飞上去接住。有的一次飞起能接连接住两个。架养的鸟一般体大嘴硬，例如锡嘴和交喙鹊。所以，北京过去有“提笼架鸟”之说。

熬鹰·逮獾子

北京人骂晚上老耗着不睡的人："你熬鹰哪！"北京过去有养活鹰的。养鹰为了抓兔子。养鹰，先得去掉它的野性。其法是：让鹰饿几天，不喂它食；然后用带筋的牛肉在油里炸了，外用细麻线缚紧；鹰饿极了，见到牛肉，一口就吞了；油炸过的牛肉哪能消化呀，外面还有一截细麻线哪；把麻线一扽，牛肉又扽出来了，还扽出了鹰肚里的黄油；这样吞几次，扽几次，把鹰肚里的黄油都拉干净了，鹰的野性就去了。鹰得熬。熬，就是不让它睡觉。把鹰架在胳臂上，鹰刚一迷糊，一闭眼，就把胳臂猛然一抬，鹰又醒了。熬鹰得两三个人轮流熬，一个人顶不住。干嘛要熬？鹰想睡，不让睡，它就变得非常烦躁，这样它才肯逮兔子。吃得饱饱的，睡得好好的，浑身舒舒服服的，它懒得动弹。架鹰出猎，还得给鹰套上一顶小帽子，把眼遮住。到了郊外，一摘鹰帽，鹰眼前忽然一亮，全身怒气不打一处来，一翅腾空，看见兔子的影儿，眼疾爪利，一爪子就把兔子叨住了。

北京过去还有逮獾子的。逮獾子用狗。一般的狗不行，得找大饭庄养的肥狗。有一种人，专门偷大饭庄的狗，卖给逮獾子的主。狗，先得治治它，把它的尾巴给擀了。把狗捆在一条长板凳上，用擀面杖把尾巴使劲一擀，只听见咯巴咯巴咯巴……狗尾巴的骨节都折了。瞧这狗，屎、尿都下来了。疼啊！干嘛要把尾巴擀了？狗尾巴老摇，到了草窝里，尾巴一摇，树枝草叶窸窸地响，獾子就跑了。尾巴擀了，就只能耷拉着了，不摇了。

你说人有多坏，怎么就想出了这些个整治动物的法子！

逮住獾子了，就到处去喝茶。有几个起哄架秧子，傍吃傍喝的帮闲食客“傍”着，提搂着獾子，往茶桌上一放。旁人一瞧：“喝，逮住獾子啦！”露脸！多会等九城的茶馆都坐遍了，脸露足了，獾子也臭了，才再想什么新鲜的玩法。

熬鹰、逮獾子，这都是八旗子弟、阔公子哥儿的“乐儿”。穷人家谁玩得起这个！不过这也是一种文化。

獾油治烧伤有奇效。现在不好淘换了。

香港的鸟

早晨九点钟，在跑马地一带闲走。香港人起得晚，商店要到十一点才开门，这时街上人少，车也少，比较清静。看见一个人，大概五十来岁，手里托着一只鸟笼。这只鸟笼的底盘只有一本大三十二开的书那样大，两层，做得很精致。这种双层的鸟笼，我还是头一次见到。楼上楼下，各有一只绣眼。香港的绣眼似乎比内地的也更为小巧。他走得比较慢，近乎是在散步。——香港人走路都很快，总是匆匆忙忙，好像都在赶着去办一件什么事。在香港，看见这样一个遛鸟的闲人，我觉得很新鲜。至少他这会儿还是清闲的，——也许过一个小时他就要忙碌起来了。他这也算是遛鸟了，虽然在林立的高楼之间，在狭窄的人行道上遛鸟，不免有点滑稽。而且这时候遛鸟，也太晚了一点。——北京的遛鸟的这时候早遛完了，回家了。莫非香港的鸟也醒得晚？

在香港的街上遛鸟，大概只能用这样精致的双层小鸟笼。

像徐州人那样可不行。——我忽然想起徐州人遛鸟。徐州人养百灵，笼极高大，高三四尺（笼里的“台”也比北京的高得多），无法手提，只能用一根打磨得极光滑的枣木杆子作扁担，把鸟笼担着。或两笼，或三笼、四笼。这样的遛鸟，只能在旧黄河岸，慢慢地走。如果在香港，担着这样高大的鸟笼，用这样的慢步溜鸟，是绝对不行的。

我告诉张辛欣，我看见一个香港遛鸟的人，她说："你就注意这样的事情！"我也不禁自笑。

在隔海的大屿山，晨起，听见斑鸠叫。艾芜同志正在散步，驻足而听，说："斑鸠。"意态悠远，似乎有所感触，又似乎没有。

宿大屿山，夜间听见蟋蟀叫。

临离香港，被一个记者拉住，问我对于香港的观感，匆促之间，不暇细谈，我只说："眼花缭乱，应接不暇。"并说我在香港听到了斑鸠和蟋蟀，觉得很亲切。她问我斑鸠是什么，我只好摹仿斑鸠的叫声，她连连点头。也许她听不懂我的普通话，也许她真的对斑鸠不大熟悉。

香港鸟很少，天空几乎见不到一只飞着的鸟，鸦鸣鹊噪都听不见，但是酒席上几乎都有焗禾花雀和焗乳鸽。香港有那么多餐馆，每天要消耗多少禾花雀和乳鸽呀！这些禾花雀和乳鸽是哪里来的呢？对于某些香港人来说，鸟是可吃的，不是看的，听的。

城市发达了，鸟就会减少。北京太庙的灰鹤和宣武门城楼的雨燕现在都没有了，但是我希望有关领导在从事城市建设时，能注意多留住一些鸟。

故里杂忆

故乡水

这是三年前的事了。

我坐了长途汽车回我的久别的家乡去。真是久别了啊，我离乡已经四十年了。车上的人我都不认识。他们也都不认识我。他们都很年轻。他们用我所熟悉而又十分生疏了的乡音说着话。我听着乡音，不时看看窗外。窗外的景色依然有着鲜明的苏北的特点，但于我又都是陌生的。宽阔的运河、水闸、河堤上平整的公路、新盖的民房……

快到车逻了。过了车逻，再有十五里，就是我的家乡的县城了，我有点兴奋。

在车逻，我遇见一件不愉快的事。

车逻是终点前一站，下车、上车的不少，车得停一会儿。一个脏乎乎的人夹在上车的旅客中间挤上来了。他一上车，就伸开手向人要钱：

“修福修寿！修儿子！修孙子！”

“修福修寿！修儿子！修孙子！”

他用了我所熟悉的乡音向人乞讨。这是我十分熟悉的乡音。四十年前，我的家乡的乞丐就是用这样的言词要钱的。真想不到，今天还有这样的乞丐，并且还用了这种的言词乞讨。我讨厌这个人，讨厌他的声音和他乞讨时的神情。他并不悲苦，只是死皮赖脸，而且有点玩世不恭。这人差不多有六十岁了，但是身体并不衰惫。他长着一张油黑色的脸，下巴翘出，像一个瓢把子。他浑身冒出泔水的气味。他的裤裆特别肥大，并且拦裆补了很大的补丁。他有小肠气，——这在我的家乡叫做“大卵泡”。

他把肮脏的右手伸向一个小青年：

“修福修寿！修儿子！修孙子！”

邻座另一个小青年说：

“人家还没有结婚！”

“——修个好老婆！”

几个青年同时哄笑起来。我不知道为什么这样一句话会使得他们这样的高兴。

车上有人给他一角钱、五分钱……

上车的客人都已坐定，车要开了，他赶快下车。不料司机一关车门，车子立刻开动，并且开得很快。

“哎！哎！我下车！我下车！”

司机扁着嘴笑着，不理他。

车开出三四里，司机才减了速，开了车门，让他下去。司机存心捉弄他，要他自己走一段路。

他下了车，用手对汽车比划着，张着嘴，大概是在咒骂。他回头向车逻方向走去，一拐一拐的，样子很难看，走得却并不慢。

车上几个小青年看着他的蹒跚的背影，又一起快活地哄笑起来。

这个人留给我的印象是：丑恶，而且，无耻！

我这次回乡，除了探望亲友，给家乡的文学青年讲讲课，主要的目的是想了解了解家乡水利治理的情况。

我的家乡苦水旱之灾久矣。我的家乡的地势是四边高，当中洼，如一个水盂。城西面的运河河底高于城中的街道，站在运河堤上可以俯瞰堤下人家的屋顶。运河经常决口。五年一小决，十年一大决。民国二十年的大水灾我是亲历的。死了几万人。离我家不远的泰山庙就捞起了一万具尸体。旱起来又旱得要命。离我家不远有一条澄子河，河里能通小轮船，可到一沟、二沟、三垛，直达邻县兴化。我在《大淖记事》里写到的就是这条河。有一年大旱，澄子河里拉起了洋车！我的童年的记忆里，抹不掉水灾、旱灾的怕人景象。在外多年，见到家乡人，首先问起的也是这方面的情况。有一个在江苏省水利厅工作的我的初中同学有一次到北京开会，来看我。他告诉我，我们家乡的水治好了。因为修了江都水利枢纽，筑了洪泽湖大坝，运河的水完全由人力控制了起来，随时可以调节。水大了，可以及时排出；水不足，可以把长江水调进来——家乡人现在可以吃到长江水，水灾、旱灾一去不复返了！县境内河也都重新规划调整，还修了好多渠道，已经全面实现自流灌溉。我听了，很为惊喜。因此，县里发函邀请去看看，我立即欣然同意。

运河的改变我在路上已经看到了。我住的招待所离运河不远，几分钟就走上河堤了。我每天起来，沿着河堤从南门走到北门，再折回来。运河拓宽了很多。我们小时候从运河东堤坐船到西堤去玩，两篙子就到了。现在坐轮渡，得一会子。河面宽处像一条江，原来的土堤全部改为石工。堤面也很宽，堤边密密地种了两层树。在堤上走走，真是令人身心舒畅。

我翻阅了一些资料，访问了几位前后主持水利工程工作的同志，还参观了两个公社。

农村的变化比城里要大得多。这两个公社的村子我小时候都去过，现在简直一点都认不出了。田都改成了“方田”，到处渠网纵横，照当地的说法是“田成方，渠成网”，渠道都是正南正北，左东右西。渠里悠悠地流着清水，渠旁种了高大的芦竹或是杞柳。杞柳我们那里原来都叫做“笆斗柳”，是编笆斗的，大都是野生的。现在广泛种植了。我和陪同参观的同志在渠边走着，他们告诉我这条渠“一步一块钱”，是说每隔一步，渠边每年可收价值一块钱的柳条。柳条编制的柳器是出口的。我走了几个大队，没有发现一挂过去农村随处可见的龙骨水车，问：

“现在还能找到一挂水车吗？”

“没有了！这东西已经成了古董。现在是，要水一扳闸，看水穿花鞋。——穿了花鞋浇水，也不会沾一点泥。”

“应当保留一挂，放在博物馆里，让后代人看看。”

“这家伙太大了！——可以搞一个模型。”

我问起县里的自流灌溉是怎么搞起来的。

陪同的同志告诉我，要了解这个，最好找一个人谈谈。全县自流灌溉首先搞起来的，是车逻。车逻的自流灌溉是这个人搞起来的，这人姓杨。他现在调到地区工作了，不过家还没有搬，他有时回县里看看。我于是请人代约，想和他见见。

不料过了两天，一大早，这位老杨就到招待所来找我了。

下面就是老杨同志和我谈话的纪要：

“我是新四军小鬼出身，没搞过水利。

“那时我还年轻，在车逻当区长。

“车逻的粮食亩产一向在全县是最高——当然不能和现在比。现在这个县早过了‘千斤县’，一般的亩产都在一千五百斤以上，有不少地方过‘吨粮’——亩产二千斤。那会儿，最好的田亩产五百斤，一般的一二百斤。车逻那时的亩产就可达五百斤。但是农民并不富裕，还是很穷。为什么？因为农本高。高在哪里？车水。车逻的田都是高田。那时候，别处的田淹了，车逻是好年成。平常，每年都要车水。车逻的水车特别长！别处的，二十四轧，算是大水车了。车逻的，三十二扎，三十四轧，三十六轧！有的田得用两挂三十六轧大车接起来，才能把水车上来！车水是最重的农活。到了车栽秧水的日子，各处的人都来。本地的，兴化、泰州，甚至盐城的都来，工钱大，吃食也好。一天吃六顿，顿顿有酒有肉。农本高，高就高在这上头。一到车水，是‘外头不住地敲’——车水都要敲锣鼓，‘家里不住的烧’——烧吃的；‘心里不住地焦’——不知道今天能不能把田里的水上满，一到太阳落山，田里有一角上不到水，这家子就哭咧，——这一年都没指望了。”

我有点不明白，为什么栽秧水必须一天之内车好，第二天接着车不行吗？但是我没有来得及问。

“‘外头不住地敲，家里不住地烧，心里不住地焦’，真是一点都不错呀！”

“大工钱不是好拿的，好茶饭不是好吃的。到车水的日子，你到车逻来看看，那真叫‘紧张热烈’。到处是水车，一挂一挂的长龙。锣鼓敲得震天响。看，是很好看的：车水的都脱光了衣服，除了一个裤头子，浑身一丝不挂，腿上都绑了大红布裹腿。黑亮的皮肉，大红裹腿，对比强烈，真有点‘原始’的味道。都是年青的小伙，——上岁数的干不了这个活，身体都很棒，一个赛似一个！赛着踩。几挂大车约好，看那一班子最后下车杠。坚持不住，早下的，认输。敲着锣鼓，唱着号子。车水有车水的号子，一套一套的：‘四季花’、‘古人名’……看看这些小伙，好像很快活，其实是在拚命。有的当场就吐了血。吐了血，抬了就走，二话不说，绝不找主家的麻烦。这是规矩。还有的，踩着踩着，不好了：把个大卵子忑下来了！”

我的家乡把忽然漏下来叫te，有音无字，恐怕连《康熙字典》里都查不到，我只好借用了这个“忑”字，在音义上还比较相近。我找不到别的字来代替它，用别的字都不能表达那种感觉。

我问他，我在车逻车站遇见的那个伸手要钱的人，是不是就是这样得下的病。

“就是的！这人原来是车水的一把好手。他丧失了劳动力，什么也干，最后混成了这个样子！——我下决心搞自流灌溉和这病有直接关系。”

“那年征兵，我跟着医生一同检查应征新兵的体格，——那时的区长什么事都要管。检查结果，百分之八十不合格！——都有轻重不等的小肠气。我这个区的青年有这样多的得小肠气的，我这个区长睡不着觉了！”

“我想：车逻紧挨着运河，为什么不能用上运河水，眼瞧着让运河水白白地流掉？车逻田是高田，但是田面比运河水面低，为什么不能把运河水引过来，浇到田里？为什么要从下面的河里费那样大的劲把水车上来？把运河堤挖通，安上水泥管子，不就行了吗？”

“要什么没有什么。没有经费。——我这项工程计划没有报请上级批准，我不想报。报了也不会批。我这是自作主张，私下里干的。没有经费怎么办？我开了个牛市。”

“牛市？”

“买卖耕牛。区长做买卖，谁也没听说过。没听说过没听说过吧。我这牛市很赚钱，把牛贩子都顶了！”

“有了钱，我就干起来了！我选了一个地方，筑了一圈护堤。——这一点我还知道。不筑护堤，在运河堤上挖开口子，那还得了！让河水从护堤外面走。我给运河东堤开了膛，安下管子，下了闸门，再把河堤填合，我以为这就万事大吉了。一开闸，水流过来了！水是引过来了，可是乱流一气！咳！我连要修渠都不知道！现在人家把我叫成‘水利专家’真是天晓得！我最初是什么也不懂的。”

“怎么办？我就买了书来看。只要是跟水利有关的，我都看。我那阵看的书真不少！我又请教了好几位老河工。决定修渠！”

“一修渠，问题就来了，为了省工、省料，用水方便，渠道要走直线，不能曲曲弯弯的。这就要占用一些私田。——那阵还没有合作化，田还是各家各户的。渠道定了，立了标竿，画了灰线，就从这里开，管他是谁家的田！农民对我那个骂呀！我前脚走，后脚就有人跳着脚骂我的祖宗八代。骂吧，我只当没听见。我随身都带枪，——那阵区长都有枪，他们也不敢把我怎么样。”

“有一家姓罗的，五口人。渠正好从他家的田中间穿过。罗老头子有一天带了一根麻绳来找我，——他要跟我捆在一起跳河。他这是找我拼命来了。这里有这么一种风俗，冤仇难解，就可以找仇人捆在一起跳河，——同归于尽。他跟我来这一套！我才不理他。我夺过他手里的麻绳，叫民兵把他捆起来，关在区政府厢屋里。直到渠修成了，才放了他。”

“修渠要木料，要板子。——这一点你这个作家大概不懂。不管它，这纯粹是技术问题。我上哪里找木料去？我想了想：有了！挖坟！我把挖出来的棺材板，能用的，都集中起来，就够用了。我可缺了大德了，挖人家的祖坟，这是最缺德的事。我这是没有办法中的办法。为了子孙，得罪祖宗，只好请多多包涵了！经我手挖的坟真不少！”

“这就更不得了了！我可捅了个大马蜂窝，犯了众怒。当地人联名控告了我，说我‘挖掘私坟’。县里、地区、省里，都递了状子。地委和县委组织了调查组，认为所告属实，我这是严重违法乱纪。地委发了通报。撤了我的职。党内留党察看，——我差一点把党籍搞丢了。”

“‘违法乱纪’，我确实是违法乱纪了，我承认。对于我的处分我没有意见。”

“不过，车逻的自流灌溉搞成了。”

“就说这些吧。本来想请你上我家喝一盅酒，算了吧，——人言可畏。我今天下午走，回来见！”

对于这个人的功过我不能估量，对他的强迫命令的作风和挖掘私坟的作法无法论其是非。不过我想，他的所为，要是在过去会有人为之立碑以记其事的。现在不兴立碑，——“树碑立传”已经成为与本义相反用语了，不过我相信，在修县志时，在“水利”项中，他做的事会记下一笔的。县里正计划修纂新的县志。

这位老杨中等身材，面白皙，说话举止温文尔雅，像一个书生，完全不像一个办起事来那样大刀阔斧、雷厉风行的人。

我忽然好像闻到一股修车轴用的新砍的桑木的气味和涂水车龙骨用的生桐油气味。这是过去初春的时候在农村处处可以闻到的气味。

再见，水车！

他乡寄意

抗日战争时期，昆明重庆流传一则谜语：航空信——打一地名。谜底是：高邮。这说明知道我的家乡的人还是不少的。但是多数人对我的家乡的所知，恐怕只限于我们那里出咸鸭蛋，而且有双黄的。我遇到很多外地人问过我：你们那里为什么出双黄鸭蛋？我也回答过，说这和鸭种有关；我们那里水多，小鱼小虾多，鸭吃多了小鱼小虾，爱下双黄蛋。其实这是想当然耳。直到现在，我也说不清这是什么道理。敝乡真是“小地方”，经济、文化都比较落后，只落得以产双黄鸭蛋而出名，悲哉！

我的家乡过去是相当穷的。穷的原因是多水患。我们那里是水乡。人家多傍水而居，出门就得坐船。秦少游诗云：“菰蒲深处疑无地，忽有人家笑语声”，大抵里下河一带都是如此。县城的西面是运河，运河西堤外便是高邮湖。运河河身高，几乎是一条“悬河”，而县境的地势低，据说运河的河底和县城的城墙一般高。这可能有一点夸张。但我们小时候到运河堤上去玩，站在河堤上，是可以俯瞰下面人家的屋顶的。城里的孩子放风筝，风筝飘在堤上人的脚底下。这样，全县就随时处在水灾的威胁之中。民国二十年的大水我是亲历的。湖水侵入运河，运河堤破，洪水直灌而下，我家所住的东大街成了一条激流汹涌的大河。这一年水灾，毁坏田地房屋无数，死了几万人。我在外面这些年，经常关心的一件事，是我的家乡又闹水灾了没有？前几年，我的一个在江苏省水利厅当总工程师的初中同班同学到北京开会，来看我。他告诉我：高邮永远不会闹水灾了。我于是很想回去看看。我十九岁离乡，在外面已四十多年了。

苏北水灾得到根治，主要是由于修建了江都水利枢纽和苏北灌溉总渠。这是两项具有全国意义的战略性的水利工程，我的初中同班同学是参与这两项工程的主要设计者之一。我参观了江都水利枢纽，对那些现代化的机械一无所知，只觉得很壮观。但是我知道，从此以后，运河水大，可以泄出；水少，可以从长江把水调进来，不但旱涝无虞，而且使多少万人的生命得到了保障。呜呼，厥功伟矣！

我在家乡住了约一个星期。每天早起，我都要到运河堤上走一趟。运河拓宽了。小时候我们过运河去玩，由东堤到西堤，两篙子就到了。现在西门宝塔附近的河面宽得像一条江。我站在平整坚实的河堤上，看着横渡的轮船，拉着汽笛，悠然驶过，心里说不出的感动。

县境内的河也都经过统一规划，综合治理了，交通、灌溉都很方便。很多地方都实现了电力灌溉。我看了几份材料，都说现在是“要水一声喊，看水穿花鞋”。这两句话有点大跃进的味道，而且现在的妇女也很少穿花鞋的。不过过去到处可见的长到三十二轧的水车和凉亭似的牛车棚确实看不到了。我倒建议保留一架水车，放在博物馆里，否则下一辈人将不识水车为何物。

由于水利改善，粮食大幅度地增产了。过去我们那里的田，打五百斤粮食，就算了不起了；现在亩产千斤，不成问题。不少地方已达“吨粮”——亩产两千斤。因此，农民的生活大大提高了。很多人家盖起了新房子，砖墙、瓦顶、玻璃窗，门外种着西番莲、洋菊花。农村姑娘的衣着打扮也很入时，烫发、皮鞋，吓！

不过粮食增产有到头的时候。两千斤粮食又能卖多少钱呢？单靠农业，我们那个县还是富不起来的。希望还在发展工业上。我希望地方的有识之士动动脑筋。也可以把在外面工作的内行请回去出出主意。到2000年，我的故乡应当会真正变个样子，成为一个开放型的城市。这样，故乡人民的心胸眼界才有可能开阔起来，摆脱小家子气。

我们那个县从来很难说是人文荟萃之邦。不但和扬州、仪征不能比，比兴化、泰州也不如。宋代曾以此地为高邮军，大概繁盛过一阵，不少文人都曾在高邮湖边泊舟，宋诗里提及高邮的地方颇多。那时出过鼎鼎大名、至今为故人引为骄傲的秦少游，还有一位孙莘老。明代出过一个散曲家兼画家的王西楼（磐）。清代出过王氏父子——王念孙、王引之。还有一位古文家夏之蓉。此外，再也数不出多少名人了。而且就是这几位名人，也没有在我的家乡产生多大的影响。秦少游没有留下多少遗迹。原来的文游台下有一个秦少游读书处，后来也倒塌了。连秦少游老家在哪里，也都搞不清楚，实在有点对不起这位绝代词人。听说近年发现了秦氏宗谱，那么这个问题可能有点线索了吧。更令人遗憾的是历代研究秦少游的故乡人颇少。我上次回乡看到一部《淮海集》，是清版。我们县应该有一部版本较好的《淮海集》才好。近年有几位青年有志于研究秦少游，地方上应该予以支持。王西楼过去知道的人更少。我小时候在家乡就没有读过一首王西楼的散曲，只是现在还流传一句有地方特点的歇后语："王西楼嫁女儿——话（画）多银子少。"《王西楼乐府》最初是在高邮刻印的，最好能找到较早的版本。我希望家乡能出一两个王西楼专家。散曲的谱不是很难找到，能不能把王西楼的某些散曲，比如那首有名的《唢呐》，翻成简谱在县里唱一唱？如果能组织一场王西楼散曲演唱晚会，那是会很叫人兴奋的。王念孙父子在清代训诂学界影响很大，号称"高邮王氏之学"。但是我的很多家乡人只知道"独旗杆王家"，至于王家是怎么回事，就不大了然了。我也希望故乡有人能继承光大王氏之学。前年高邮在王氏旧宅修建了高邮王氏纪念馆，让我写字，我寄去一副对联："一代宗师，千秋绝学；二王余韵，百里书声"，下联实是我对于乡人的期望。

以上说的是传统文化。对于现代科学，我们高邮人做出贡献的也有。比如孙云铸，是世界有名的古生物学家、地层学家。他的《中国北方寒武纪动物化石》是我国第一部古生物学专著。我初到昆明时，曾到他家去过。他家桌上、窗台上，到处都是三叶虫化石。这是一位很纯正的学者。可是故乡人知道他的不多。高邮拟修县志，我希望县志里有孙云铸的传。我也希望故乡的后辈能继承老一辈严谨的治学精神。

我们县是没有多少名胜古迹的。过去年代较久，建筑上有特点的，是几座庙：承天寺、天王寺、善因寺。现在已经拆得一点不剩了。西门宝塔还在，但只是孤伶伶的一座塔，周围是一片野树。高邮的"刮刮老叫"的古迹是文游台，这是苏东坡、秦少游等名士文人雅集之地，我们小时候春游远足，总是上文游台。登高四望，烟树帆影、豆花芦叶，确实是可以使人胸襟一畅的。文游台在敌伪时期，由一个姓王的本地人县长重修了一次，搞得不像样子。重修后的奎楼、公园也都不理想。请恕我说一句直话：有点俗。听说文游台将重修，不修便罢，修就修好。文游台既是宋代的遗迹，建筑上要有点宋代的特点。比如：大斗拱、素朴的颜色。千万不要因陋就简，或者搞得花花绿绿的。

我离乡日久，鬓毛已衰，对于故乡一无贡献，很惭愧。《新华日报》约我为《故乡情》写稿，略抒芹意，希望我的乡人不要见怪。

甓射珠光

我小时学刻图章，第一块刻的是长方形的阳文："珠湖人。"

沈括《梦溪笔谈》:

嘉祐中，扬州有一珠甚大，天晦多见。初出于天长县陂泽中，后转入甓射湖，又后乃在新开湖中，凡十余年，居民行人，常常见之。予友人书斋在湖上，一夜忽见其珠甚近。初微开其房，光自吻中出，如横一金线；俄顷忽张壳，其大如半席，壳中白光如银，珠大如拳，烂然不可正视，十余里间林木皆有影，如初日所照，远处但见天赤如野火，倏然远去，其行如飞，浮于波中，杳杳如日。古有明月之珠，此珠殊不类月，荧荧有芒焰，殆类日光。崔伯易尝为《明珠赋》。伯易，高邮人，盖常见之。近岁不复出，不知所往。樊良镇正当珠往来处，行人至此，往往组船数宵以待现，名其亭为"玩珠"。

这就是所谓"甓射珠光"。甓射湖即高邮湖。"甓射珠光"是"秦邮八景”之一，甚至是八景之首。因为曾经有过那么一颗珠子，高邮湖又称“珠湖”。这个地名平常不大有人用，只有画家题画时偶尔一用。

关于这颗珠子最早的记载大概是沈括的《梦溪笔谈》（崔伯易的《明珠赋》今不传）。这则笔谈不但详细，而且写得非常生动，使人有如目睹。“十余里间林木皆有影，如初日所照，远处但见天赤如野火；倏然远去，其行如飞，浮于波中，杳杳如日”这是何等神奇的景象呵！我们小时候都听大人谈过这颗神珠，与《笔谈》所记相差不多，其所根据，大概也就是《笔谈》。高邮人都应该感谢沈括，多亏他记载了这颗珠子，使我们的家乡多了一笔美丽的彩虹。否则，即使口耳相传，一代又一代，因为不曾见诸文字，听的人也是不会相信的，因为这颗珠子实在太“神”了。

沈括的记载大概是可靠的。沈括是个很严肃的人，《梦溪笔谈》虽亦记“神奇”、“异事”，但他不是专门搜神志怪的人，即使是神奇、异事，也多有根据，不是道听途说，捕风捉影。这则《笔谈》所以可信，一是有准确的时间，“嘉祐中”（距今约九百三十年）；二是他是亲自听“友人”说的。这位友人不会造谣。

这究竟是什么东西？曾经有人写过一篇文章，认为这是从外星发来的异物，地球上是不可能有发出那样的强光，其行如飞的东西的。这只是猜测。我宁可相信，这就是一颗很大的珠子。这颗大珠子早已不知所往，不会再出现了（多么神奇的珠贝也活不到九百多年）。但是它会永远存在于人们的想象之中。在修县志时也不妨仍然把“甓射珠光”这个事实上不存在的一景列入“八景”之中。珠子没有了，湖却是在的。

我刻的那块“珠湖人”的图章早已不知去向。我还记得图章的样子，长一寸，阔三分，是一块肉红色的寿山石。

吴大和尚和七拳半

我的家乡有“吃晚茶”的习惯。下午四五点钟，要吃一点点心，一碗面，或两个烧饼或“油端子”。一九八一年，我回到阔别四十余年的家乡，家乡人还保持着这个习惯。一天下午，“晚茶”是烧饼。我问：“这烧饼就是巷口那家的？”我的外甥女说：“是七拳半做的。”“七拳半”当然是个外号，形容这人很矮，只有七拳半那样高，这个外号很形象，不知道是哪个尖嘴薄舌而极其聪明的人给他起的。

我吃着烧饼，烧饼很香，味道跟四十多年前的一样，就像吴大和尚做的一样。于是我想起吴大和尚。

我家除了大门、旁门，还有一个后门。这后门即开在吴大和尚住家的后墙上。打开后门，要穿过吴家，才能到巷子里。我们有时抄近，从后门出入，吴大和尚家的情况看得很清楚。

吴大和尚（这是小名，我们那里很多人有大名，但一辈子只以小名“行”）开烧饼饺面店。

我们那里的烧饼分两种。一种叫作“草炉烧饼”，是在砌得高高的炉里用稻草烘熟的。面粗，层少，价廉，是乡下人进城时买了充饥当饭的。一种叫作“桶炉烧饼”。用一只大木桶，里面糊了一层泥，炉底燃煤炭，烧饼贴在炉壁上烤熟。“桶炉烧饼”有碗口大，较薄而多层，饼面芝麻多，带椒盐味。如加钱，还可“插酥”，即在擀烧饼时加较多的“油面”，烤出，极酥软。如果自己家里拿了猪油渣和霉干菜去，做成霉干菜油渣烧饼，风味独绝。吴大和尚家做的是“桶炉”。

原来，我们那里饺面店卖的面是“跳面”。在墙上挖一个洞，将木杠插在洞内，下置面案，木杠压在和得极硬的一大块面上，人坐在木杠上，反复压这一块面。因为压面时要一步一跳，所以叫作“跳面”。“跳面”可以切得极细极薄，下锅不浑汤，吃起来有韧劲而又甚柔软。汤料只有虾子、熟猪油、酱油、葱花，但是很鲜。如不加汤，只将面下在作料里，谓之“干拌”，尤美。我们把馄饨叫作饺子。吴家也卖饺子。但更多的人去，都是吃“饺面”，即一半馄饨，一半面。我记得四十年前吴大和尚家的饺面是一百二十文一碗，即十二个当十铜元。

吴家的格局有点特别。住家在巷东，即我家后门之外，店堂却在对面。店堂里除了烤烧饼的桶炉，有锅台，安了大锅，煮面及饺子用；另有一张（只一张）供顾客吃面的方桌。都收拾得很干净。

吴家人口简单。吴大和尚有一个年轻的老婆，管包饺子、下面。他这个年轻的老婆个子不高，但是身材很苗条。肤色微黑。眼睛狭长，睫毛很重，是所谓“桃花眼”。左眼上眼皮有一小疤，想是小时生疮落下来。这块小疤使她显得很俏。但她从不和顾客眉来眼去，卖弄风骚，只是低头做事，不声不响。穿着也很朴素，只是青布的衣裤。她和吴大和尚生了一个孩子。还在喂奶。吴大和尚有一个妈，整天也不闲着，翻一家的棉袄棉裤，纳鞋底，摇晃睡在摇篮里的孙子。另外，还有个小伙计，“跳”面、烧火。

表面上看起来，这家过得很平静，不争不吵。其实不然。吴大和尚经常在夜里打他的老婆，因为老婆“偷人”。我们那里把和人发生私情叫作“偷人”。打得很重，用劈柴打，我们隔着墙都能听见。这个小个子女人很倔强，不哭，不喊，一声不出。

第二天早起，一切如常，该干什么还干什么。吴大和尚擀烧饼，烙烧饼；他老婆包饺子，下面。

终于有一天吴大和尚的年轻的老婆不见了，跑了，丢下她的奶头上的孩子，不知去向。我们始终不知道她的“孤佬”（我们那里把不正当的情人，野汉子，叫作“孤佬”）是谁。

我从小就对这个女人充满了尊敬，并且一直记得她的模样，记得她的桃花眼，记得她左眼上眼皮上的那一小块疤。

吴大和尚和这个桃花眼、小身材的小媳妇大概都已经死了。现在，这条巷口出现了七拳半的烧饼店。我总觉得七拳半和吴大和尚之间有某种关联，引起我一些说不清楚的感慨。

七拳半并不真是矮得出奇，我估量他大概有一米五六。是一个很有精神的小伙子。他是一个名副其实的“个体户”，全店只有他一个人。他不难成为万元户，说不定已经是万元户，他的烧饼做得那样好吃，生意那样好。我无端地觉得，他会把本街的一个最漂亮的姑娘娶到手，并且这位姑娘会真心爱他，对他很体贴。我看看七拳半把烧饼贴在炉膛里的样子，觉得他对这点充满信心。

两个做烧饼的人所处的时代不同。我相信七拳半的生活将比吴大和尚的生活更合理一些，更好一些。

也许这只是我的希望。

和尚

铁桥

我父亲续娶，新房里挂了一幅画，——一个条山，泥金地，画的是桃花双燕，题字是："淡如仁兄新婚志喜弟铁桥遥贺"；两边挂了一副虎皮宣的对联，写的是：

蝶欲试花犹护粉

莺初学啭尚羞簧

落款是杨遵义。我每天看这幅画和对子，看得很熟了。稍稍长大，便觉出这副对子其实是很"黄"的。杨遵义是我们县的书家，是我的生母的过房兄弟。一个舅爷为姐夫（或妹夫）续弦写了这样一副对子，实在不成体统。铁桥是一个和尚。我父亲在新房里挂了一幅和尚的画，全无忌讳；这位铁桥和尚为朋友结婚画了这样华丽的画，且和俗家人称兄道弟，也着实有乖出家人的礼教。我父亲年轻时的朋友大都有些放诞不羁。

我写过一篇小说《受戒》，里面提到一个和尚石桥，原型就是铁桥。他是我父亲年轻时的画友。他在本县最大的寺庙善因寺出家，是指南方丈的徒弟。指南戒行严苦，曾在香炉里烧掉两个指头，自称八指头陀。铁桥和师父完全是两路。他一度离开善因寺，到江南云游。曾在苏州一个庙里住过几年。因此他的一些画每署“邓尉山僧”，或题“作于香雪海”。后来又回善因寺。指南退居后，他当了方丈。善因寺是本县第一大寺，殿宇精整，庙产很多。管理这样一个大庙，是要有点才干的，但是他似乎很清闲，每天就是画画画，写写字。他的字写石鼓，学吴昌硕，很有功力。画法任伯年，但比任伯年放得开。本县的风雅子弟都乐与往还。善因寺的素斋极讲究，有外面吃不到的猴头、竹荪。

铁桥有一个情人，年纪很轻，长得清清雅雅，不俗气。

我出外多年，在外面听说铁桥在家乡土改时被枪毙了。善因寺庙产很多，他是大地主。还有没有其他罪恶，就不知道了。听说家乡土改中枪毙了两个地主。一个是我的一个远房舅舅，也姓杨。

一九八二年，我回了家乡一趟，饭后散步想去看看善因寺的遗址，一点都认不出来了，拆得光光的。

因为要查一点资料，我借来一部民国年间修的县志翻了两天。在“水利”卷中发现：有一条横贯东乡的水渠，是铁桥主持修的。哦？铁桥还做过这样的事？

静融法师

我有一方很好的图章，田黄“都灵坑”，犀牛纽，是一个和尚送给我的。印文也是他自刻的，朱文，温雅似浙派，刻得很不错（田黄的印不宜刻得太“野”，和石质不相称）。这个和尚法名静融，一九五一年和我一同到江西参加土改，回北京后，送了我这块图章。章不大，约半寸见方（田黄大的很少，我每为人作小幅字画，常押用，算来已经三十七八年了。

这次土改是全国性的，也是最后的一次，规模很大。我们那个土改工作团分到江西进贤。这个团的成员什么样的人都有。有大学教授、小学校长、中学教员、商业局的、园林局的、歌剧院的演员、教会医院的医生、护士长，还有这位静融法师。浩浩荡荡，热热闹闹。

我和静融第一次有较深的接触，是说服他改装。他参加工作团时穿的是僧衣——比普通棉袄略长的灰色斜领棉衲。到了进贤，在县委学文件，领导上觉得他穿了这样的服装下去，影响不好，决定让他换装。静融不同意，很固执。找他谈了几次话，都没用。后来大家建议我找他谈谈，说是他跟我似乎很谈得来。我跟他说了一道歪道理，居然把他说服了。其实不是我的歪道理说服了他，而是我的态度较好，劝他一时从权，不像别的同志，用“组织性”、“纪律性”来压他。静融临时买了一套蓝卡叽布的干部服，换上了。

我们的小组分到王家梁。一进村，就遇到一个难题：一个恶霸富农自杀了。这个地方去年曾经搞过一次自发性的土改，这个恶霸富农被农民打得残废了，躺在床上一年多，听说土改队进了村，他害怕斗争，自杀了。他自杀的办法很特别，用一根扎腿的腿带，拴在竹床的栏干上，勒住脖子，躺着，死了。我还没有听说过人躺着也是可以吊死的。我们对这种事毫无经验，不知应该怎么办。静融走上去，左右开弓打了富农两个大嘴巴，说：“埋了！”我问静融：“为什么要打他两个嘴巴？”他说：“这是法医验尸的规矩。”原来他当过法医。

静融跟我谈起过他的身世。他是胶东人。除了当过法医，他还教过小学，抗日战争时期拉过一支游击队，后来出了家。在北京，他住在动物园后面的一个庙里（是五塔寺么）。北京解放，和尚都要从事生产。他组织了一个棉服厂，主办一切。这人的生活经历是颇为复杂的。可惜土改工作紧张，能够闲谈的时候不多，我所知者，仅仅是这些。

静融搞土改是很积极的。我实在不知道他是怎样把阶级斗争和慈悲为本结合起来的，他的社会经验多，处理许多问题都比我们有办法。比如算剥削账，就比我们算得快。

我一直以为回北京后能有机会找他谈谈，竟然无此缘分。他刻了一方图章，到我家来，亲自送给我，未接数言，匆匆别去。我后来一直没有再看到过他。

静融瘦瘦小小，但颇精干利索。面黑，微有几颗麻子。

阎和尚

阎长山（北京市民叫“长山”的特多）是剧院舞台工作队的杂工，但是大家都叫他阎和尚。我很纳闷：

“为什么叫他阎和尚？”

“他是当过和尚。”

我刚到北京时，看到北京和尚，以为极奇怪。他们不出家，不住庙，有家，有老婆孩子。他们骑自行车到人家去念佛。他们穿了家常衣服，在自行车后架上夹了一个包袱，里面是一件行头——袈裟，到了约好的人家，把袈裟一披，就和别的和尚一同坐下念经。事毕得钱，骑车回家吃炸酱面。阎和尚就是这样的和尚。

阎和尚后来到剧院当杂工，运运衣箱道具，也烧过水锅，管过“彩匣子”（化装用品），但并不讳言他当过和尚。剧院很多人都干过别的职业。一个唱二路花脸的在搭不上班的年头卖过鸡蛋，后来落下一个外号：“大鸡蛋”。一个检场的卖过糊盐。早先北京有人刷牙不用牙膏牙粉，而用炒糊的盐，这一天能卖多少钱？有人蹬过三轮，拉过排子车。剧院这些人干过小买卖、卖过力气，都是为了吃饭。阎和尚当过和尚，也是为了吃饭。

一辈古人

靳德斋

天王寺是高邮八大寺之一。这寺里曾藏过一幅吴道子画的观音。这是可信的。清李必恒还曾赋长诗题咏，看诗意，此人是见过这幅画的。天王寺始建于宋淳熙年，明代为倭寇焚毁（我的家乡还闹过倭寇，以前我不知道），清初重建。这幅画想是宋代传下来的。据说有一个当地方官的要去看看，从此即不知下落，这不知是什么年间的事（一说是文化大革命中被毁于扬州）。反正，这幅画后来没有了。

天王寺在臭河边。“臭河边”是地名，自北市口至越塘一带属于“后街”的地方都叫臭河边。有一条河，却不叫“臭河”，我到现在还没有考查出来应该叫什么河，这一带的居民则简单地称之曰“河”。天王寺濒河，山门（寺庙的山门都是朝南的）外即是河水。寺的殿宇高大，佛像也高大，但是多年没有修饰，显得暗旧。寺里僧众颇多，我们家凡做佛事，都是到天王寺去请和尚。但是寺里香火不盛，很幽静。我父亲曾于月夜到天王寺找和尚闲谈，在大殿前石坪上看到一条鸡冠蛇，他三步窜上台阶，才没被咬着。鸡冠蛇即眼镜蛇，有剧毒，蛇不能上台价，父亲才能逃脱，未被追上。寺庙中有蛇，本是常事，但也说明人迹稀少矣。

天王寺常常驻兵。我的小说《陈小手》里写的“天王庙”，即天王寺。驻在寺里的兵一般都很守规矩，并不骚扰百姓。我曾见一个兵半躺在探到水面上的歪脖柳树上吹箫，这是一个很独特的画境。

我是三天两头要到天王寺的，从我读的小学放学回家，倘不走正街（东大街），走后街，天王寺是必经的。我去看“烧房子”。我们那里有这样的风俗，给死去亲人烧房子。房子是到纸扎店订制的，当然要比真房子小，但人可以走进去。有厅，有室，有花园，花园里有花，厅堂里有桌有椅，有自鸣钟，有水烟袋！烧房子在天王寺的旁门（天王寺有个旁门，朝西）边的空地上。和尚敲动法器，念一通经，然后由亲属举火烧掉（房子下面都铺了稻草，一点就着）。或者什么也没得看，就从旁门进去，随喜一番，看看佛像，在大的青石上躺一躺。大殿里凉飕飕的，夏天，躺在青石上，窨人。

天王寺附近住过一个传奇性的人物，叫靳德斋。这人是个练武的。江湖上流传两句话：“打遍天下无敌手，谨防高邮靳德斋。”说是，有一个外地练武的，不服，远道来找靳德斋较量。靳德斋不在家，邻居说他打酱油醋去了。这人就在竺家巷（出竺家巷不远即是天王寺，我的继母和异母弟妹现在还住在竺家巷）一家茶馆里等他。有人指给他：这就是靳德斋。这人一看，靳德斋一手端着满满一碗酱油，一手端着满满一碗醋，快走如飞，但是碗里的酱油、醋却纹丝不动。这人当时就离开高邮，搭船走了。

靳德斋练的这叫什么功？两手各持酱油醋碗，行走如飞，酱油醋不动，这可能么？不过用这种办法来表现一个武师的功夫，却是很别致的，这比挥刀舞剑，口中“嗨嗨”地乱喊，更富于想象。

我小时走过天王寺，看看那一带的民居，总想：哪一处是靳德斋曾经住过的呢？

后于靳德斋，也在天王寺附近住过的，有韩小辫。这人是教过我祖父的拳术的。清代的读书人，除了读圣贤书之外，大都还要学两样东西，一是学佛，一是学武，这是一时风气，据我父亲说，祖父年轻时腿脚是很有功夫的。他有一次下乡“看青”（看青即看作物的长势），夜间遇到一个粪坑。我们那里乡下的粪坑，多在路侧，坑满，与地平，上结薄壳，夜间不辨其为坑为地。他左脚踏上，知是粪坑，右脚使劲一跃，即越过粪坑。想一想，于瞬息之间，转换身体的重心，尽力一跃，倘无功夫，是不行的。祖父是得到韩小辫的一点传授的。韩小辫的一家都是练功的，他的夫人能把一张板凳放倒，板凳的两条腿着地，两条腿翘着，她站在翘起的板凳脚上，作骑马蹲裆势，以一块方石置于膝上，用毛笔大书“天下太平”四字，然后推石一跃而下。这是很不容易的，何况她是小脚。夫人如此，韩小辫功夫可知，这是我父亲告诉我的，不知是他亲见，还是得诸传闻。我父亲年轻时学过武艺，想不妄语。

张仲陶

《故乡的食物》有一段：

我父亲有一个很怪的朋友，叫张仲陶。他很有学问，曾教我读过《项羽本纪》。他薄有田产，不治生业，整天在家研究易经，算卦。他算卦用蓍草。全城只有他一个人有用蓍草算卦。据说他有几卦算得极灵。有一家，丢了一只金戒指，怀疑是女佣人偷了。这女佣人蒙了冤枉，来求张先生算一卦。张先生算了，说戒指没有丢，在你们家炒米坛盖子上。一找，果然。我小时候就不大相信，算卦怎么能算得这样准，怎么能算得出在炒米坛盖子上呢？不过他的这一卦说明了一件事，即我们那里炒米坛子是几乎家家都有的。

《故乡的食物》这几段主要是记炒米的，只是连带涉及张先生。我对张先生所知道也大概只是这一些。但可补充一点材料。

我从张先生读《项羽本纪》，似在我小学毕业那年的暑假，算起来大概是虚岁十二岁即实足年龄十岁半的时候。我是怎么从张先生读这篇文章的呢？大概是我父亲在和朋友“吃早茶”（在茶馆里喝茶、吃干丝、点心）的时候，听见张先生谈到《史记》如何如何好，《项羽本纪》写得怎样怎样生动，忽然灵机一动，就把我领到张先生家去了。我们县里那时睥睨一世的名士，除经书外，读集部书的较多，读子史者少。张先生耽于读史，是少有的。他教我的时候，我的面前放一本《史记》，他面前也有一本，但他并不怎么看，只是微闭着眼睛，朗朗地背诵一段，给我讲一段。很奇怪，除了一篇《项羽本纪》，我以后再也没有跟张先生学过什么。他大概早就不记得曾经有过一个叫汪曾祺的学生了。张先生如果活着，大概有一百岁了，我都七十一了嘛！他不会活到这时候的。

张先生原来身体就不好，很瘦，黑黑的，背微驼，除了朗读史记时外，他的语声是低哑的。

他的夫人是一个微胖的强壮的妇人，看起来很能干，张家的那点薄薄的田产，都是由她经管的。张仲陶诸事不问，而且还抽一点鸦片烟，其受夫人辖制，是很自然的。一个十多岁的孩子也感觉得出来，张先生有些惧内。

张先生请我父亲刻过一块图章。这块图章很好，鱼脑冻，只是很小，高约四分，长方形。我父亲给他刻了两个字，阳文：中陶。刻得很好。这两个字很好安排。他后来还请我父亲刻了两方寿山石的图章，一刻阳文，一刻阴文，文曰："珠湖野人"、"天涯浪迹"。原来有人撺掇他出去闯闯，以卜卦为生，图章是准备印在卦象释解上的。事情未果，他并未出门浪迹，还是在家里糗（qiǔ）着。

最近几年，易经忽然在全世界走俏，研究的人日多，角度多不相同，有从哲学角度的，有从史学角度的，有从社会学角度的，有从数学角度的。我于易经一无所知，但我觉得这主要还是一部占卜之书。我对张仲陶算的戒指在炒米坛盖子上那一卦表示怀疑，是觉得这是迷信。现在想想，也许他是有道理的。如果他把一生精研易学的心得写出来，包括他的那些卦例，会是一本很有意思的书。但是，写书，张仲陶大概想也没有想过。小说《岁寒三友》中季陶民在看了靳彝甫的祖父、父亲的画稿后，拍着画案说："吾乡固多才俊之士，而皆困居于蓬牖之中，声名不出于里巷，悲哉！悲哉！"张仲陶不也是这样的人么？

薛大娘

薛大娘家在臭河边的北岸，也就是臭河边的尽头，过此即为螺蛳坝，不属臭河边了。她家很好认，四边不挨人家，远远的就能看见。东边是一家米厂，整天听见碾米机烟筒砰砰的声音。西边是她们家的菜园。菜园西边是一条路，由东街抄近到北门进城的人多走这条路。路以西，也是一大片菜园，是别人家的。房是草顶碎砖的房，但是很宽敞，有堂屋，有卧室，有厢房。

薛大娘的丈夫是个裁缝，是个极其老实的人，整天不说一句话，只是在东厢房里带着两个徒弟低着头不停地缝。儿子种菜。所种似只青菜一种。我们每天上学、放学，都可以看见薛大娘的儿子用一个长柄的水舀子浇水，浇粪，水、粪扇面似地洒开，因为用水方便，下河即可担来，人也勤快，菜长得很好。相比之下，路西的菜园就显得有点荒秽不治。薛大娘卖菜。每天早起，儿子砍得满满两筐菜，在河里浸一会，薛大娘就挑起来上街，“鲜鱼水菜”，浸水，不止是为了上份量，也是为了鲜灵好看。我们那里的菜筐是扁圆的浅筐，但两筐菜也百十斤，薛大娘挑起来若无其事。

她把菜歇在保安堂药店的廊檐下，不到一个时辰，就卖完了。

薛大娘靠五十了。——她的儿子都那样大了嘛，但不显老。她身高腰直，处处显得很健康。她穿的虽然是粗蓝布衣裤，但总是十分干净利索。她上市卖菜，赤脚穿草鞋，鞋、脚，都很干净。她当然是不打扮的，但是头梳得很光，脸洗得清清爽爽，双眼有光，扶着扁担一站，有一股英气，“英气”这个词用之于一个卖菜妇女身上，似乎不怎么合适，但是除此之外，你再也找不出一个合适的字眼。

薛大娘除了卖菜，偶尔还干另外一种营生，拉皮条，就是《水浒传》所说的“马泊六”。东大街有一些年轻女佣人，和薛大妈很熟，有的叫她干妈。这些女佣人都是发育到了最好的时候，一个一个亚赛鲜桃。街前街后，有一些后生家，有的还没成亲，有的娶了老婆但老婆不在身边，油头粉面，在街上一走，看到这些女佣人，馋猫似的，有时一个后生看中了一个女佣人求到薛大娘，薛大娘说：“等我问问。”因为彼此都见过，眉语目成，大都是答应的。薛大娘先把男的弄到西厢房里，然后悄悄把女的引来，关了房门，让他们成其好事。

我们家一个女佣人，就是由于薛大娘的撮合，和一个叫龚长霞的管田禾的——管田禾是为地主料理田亩收租事务的，欢会了几次，怀上了孩子。后来是由薛大娘弄了药来，才把私孩子打掉。

薛大娘没想到别人对她有什么议论。她认为：一个有心，一个有意，我在当中搭一把手，这有什么不好？

保安堂药店的管事姓蒲，行三，店里学徒的叫他蒲三爷，外人叫他蒲先生。这药店有一个规矩：每年给店中的“同事”（店员）轮流放一个月假，回去与老婆团圆（店中“同事”都是外地人），其余十一个月都住在店里，每年打十一个月的光棍，蒲三爷自然不能例外。他才四十岁出头，人很精明，也很清秀，很潇洒（潇洒用于一个管事的身上似乎也不大合适），薛大娘给他拉拢了一个女的，这个女的不是别人，是薛大娘自己。薛大娘很喜欢蒲三，看见他就眉开眼笑，谁都看得出来，她一点也不掩饰。薛大娘趴在蒲三耳朵上，直截了当地说：“下半天到我家来。我让你……”

薛大娘不怕人知道了，她觉得他干熬了十一个月，我让他快活快活，这有什么不对？

薛大娘的道德观念和大户人家的太太小姐完全不同。

故乡的元宵

故乡的元宵是并不热闹的。

没有狮子、龙灯、没有高跷，没有跑旱船，没有“大头和尚戏柳翠”，没有花担子、茶担子。这些都在七月十五“迎会”——赛城隍时才有，元宵是没有的。很多地方兴“闹元宵”，我们那时的元宵却是静静的。

有几年，有送麒麟的。上午，三个乡下的汉子，一个举着麒麟，——一张长板凳，外面糊纸扎的麒麟，一个敲小锣，一个打镲，咚咚当当敲一气，齐声唱一些吉利的歌。每一段开头都是“格炸炸”：

格炸炸，格炸炸，

麒麟送子到你家……

我对这“格炸炸”印象很深。这是什么意思呢？这是状声词？状的什么声呢？送麒麟的没有表演，没有动作，曲调也很简单，送麒麟的来了，一点也不叫人兴奋，只听得一连串的“格炸炸”，“格炸炸”完了，祖母就给他们一点钱。

街上掷骰子“赶老羊”的赌钱的摊子上没有人。六颗骰子静静地在大碗底卧着。摆赌摊的坐在小板凳上抱着膝盖发呆，年快过完了，准备过年输的钱也输得差不多了，明天还有事，大家都没有赌兴。

草巷口有个吹糖人的，孙猴子舞大刀、老鼠偷油。

北市口有捏面人的。青蛇、白蛇、老渔翁。老渔翁的蓑衣是从药店里买来的夏枯草做的。

到天地坛看人拉“天嗡子”——即抖空竹，拉得很响，天嗡子蛮牛似的叫。

到泰山庙看老妈妈烧香。一个老妈妈鞋底有牛屎，干了。

一天快过去了。

不过元宵要等到晚上，上了灯，才算。元宵元宵嘛。我们那里一般不叫元宵，叫灯节，灯节要过几天，十三上灯，十七落灯。“正日子”是十五。

各屋里的灯都点起来了。大妈（大伯母）屋里是四盏玻璃方灯。二妈屋里是画了红寿字的白明角琉璃灯，还有一张珠子灯。我的继母屋里点的是红琉璃泡子，一屋子灯光，明亮而温柔，显得很吉祥。

上街去看走马灯。连万顺家的走马灯很大。“乡下人不识走马灯，——又来了”。走马灯不过是来回转动的车、马、人（兵）的影子，但也能看它转几圈。后来我自己也动手做了一个，点了蜡烛，看着里面的纸轮一样转了起来，外面的纸屏上一样映出了影子，很欣喜。乾陞和的走马灯并不“走”，只是一个长方的纸箱子，正面白纸上有一些彩色的小人，小人连着一根头发丝，烛火烘热了发丝，小人的手脚会上下动。它虽然不“走”，我们还是叫它走马灯。要不，叫它什么灯呢？这外面的小人是唐僧、孙悟空、猪八戒、沙和尚。整个画面表现的是《西游记》唐僧取经。

孩子有自己的灯。兔子灯、绣球灯、马灯……兔子灯大都是自己动手做的。下面安四个轱辘，可以拉着走。兔子灯其实不大像兔子，脸是圆的，眼睛是弯弯的，像人的眼睛，还有两道弯弯的眉毛！绣球灯、马灯都是买的。绣球灯是一个多面的纸扎的球，有一个篾制的架子。架子上有一根竹竿，架子下有两个轱辘，手执竹竿，向前推移，球即不停滚动。马灯是两段，一个马头，一个马屁股，用带子系在身上。西瓜灯、虾蟆灯、鱼灯，这些手提的灯，是小孩玩的。

有一个习俗可能是外地所没有的：看围屏。硬木长方框，约三尺高，尺半宽，镶绢，上画工笔演义小说人物故事，灯节前装好，一堂围屏约三十幅，屏后点蜡烛。这实际上是照得透亮的连环画。看围屏有两处，一处在炼阳观的偏殿，一处在附设在城隍庙里的火神庙。炼阳观画的是《封神榜》，火神庙画的是《三国》，围屏看了多少年，但还是年年看。好像不看围屏就不算过节似的。

街上有人放花。

有人放高升（起火），不多的几枝，起火升到天上，嗤——灭了。

天上有一盏红灯笼，竹篾为骨，外糊红纸，一个长方的筒，里面点了蜡烛，放到天上，灯笼是很好放的，连脑线都不用，在一个角上系上线。就能飞上去。灯笼在天上微微飘动，不知道为什么，看了使人有一点薄薄的凄凉。

年过完了，明天十六，所有店铺就“大开门”了。我们那里，初一到初五，店铺都不开门。初六打开两扇排门，卖一点市民必需的东西，叫做“小开门”。十六把全部排门卸掉，放一挂鞭，几个炮仗，叫做“大开门”，开始正常营业。年，就这样过去了。

文游台

文游台是我们县首屈一指的名胜古迹。

台在泰山庙后。

泰山庙前有河，曰澄河。河上有一道拱桥，桥很高，桥洞很大。走到桥上，上面是天，下面是水，觉得体重变得轻了，有凌空之感。拱桥之美，正在使人有凌空感。我们每年清明节后到东乡上坟都要从桥上过（乡俗，清明节前上新坟，节后上老坟）。这正是杂花生树，良苗怀新的时候，放眼望去，一切都使人心情舒畅。

澄河产瓜鱼，长四五寸，通体雪白，莹润如羊脂玉，无鳞无刺，背部有细骨一条，烹制后骨亦酥软可吃，极鲜美。这种鱼别处其实也有，有的地方叫水仙鱼，北京偶亦有卖，叫面条鱼。但我的家乡人认定这种鱼只有我的家乡有，而且只有文游台前面澄河里有。家乡人爱家乡，只好由着他说。不过别处的这种鱼不似澄河所产的味美，倒是真的。因为都经过冷藏转运，不新鲜了。为什么叫“瓜鱼”呢？据说是因黄瓜开花时鱼始出，到黄瓜落架时就再捕不到了，故又名“黄瓜鱼”。是不是这么回事，谁知道。

泰山庙亦名东岳庙，差不多每个县里都有的，其普遍的程度不下于城隍庙。所祀之神称为东岳大帝。泰山庙的香火是很盛的，因为好多人都以为东岳大帝是管人的生死的。每逢香期，初一十五，特别是东岳大帝的生日（中国的神佛都有一个生日，不知道是从什么档案里查出来的）来烧香的善男信女（主要是信女）络绎不绝。一进庙门就闻到一股触鼻的香气。从门楼到甬道，两旁排列的都是乞丐，大都伪装成瞎子、哑吧、烂腿的残废（烂腿是用蜡烛油画的），来烧香的总是要准备一两吊铜钱施舍给他们的。

正面的大殿，神龛里坐着大帝，油白脸，疏眉细目，五绺长须，颇慈祥的样子，穿了一件簇新的大红蟒袍，手捧一把折扇。东岳大帝何许人也？据说是《封神榜》上的黄飞虎！

正殿两旁，是“七十二司”，即阴间的种种酷刑，上刀山、下油锅、锯人、磨人……这是对活人施加的精神威慑：你生前做坏事，死后就是这样！

我到泰山庙是去看戏。

正殿的对面有一座戏台。戏台很高，下面可以走人。这倒也好，看戏的不会往前头挤，因为太靠近，看不到台上的戏。

戏台与正殿之间是观众席。没有什么“席”，只是一片空场，看戏的大都是站着。也有自己从家里扛了长凳来坐着看的。

没有什么名角，也没有什么好戏。戏班子是“草台班子”，因为只在里下河一带转，亦称“下河班子”，唱的是京戏，但有些戏是徽调。不知道为什么，哪个班子都有一出《扫松下书》。这出戏剧情很平淡，我小时最不爱看这出戏。到了生意不好，没有什么观众的时候（这种戏班子，观众入场也还要收一点钱），就演《三本铁公鸡》，再不就演《九更天》、《杀子报》。演《杀子报》是要加钱的，因为下河班子的闻太师勾的是金脸。下河班子演戏是很随便的，没有准调准词。只有，一年，来了一人叫周素娟的女演员，是个正工青衣，在南方的科班时坐科学过戏，唱戏很规矩，能唱《武家坡》、《汾河湾》这类的戏，甚至能唱《祭江》、《祭塔》……。我的家乡真懂京戏的人不多，但是在周素娟唱大段慢板的时候，台下也能鸦雀无声，听得很入神。周素娟混得到里下河来搭班，是“卖了脑子”落魄了。有一个班子有一个大花脸，嗓子很冲，姓颜，大家就叫他颜大花脸。有一回，我听他在戏台旁边的廊子上对着烧开水的“水锅”大声嚷嚷：“打洗脸水！”我从他的声音里听出了一腔悲愤，满腹牢骚。我一直对颜大花脸的喊叫不能忘。江湖艺人，吃这碗开口饭，是充满辛酸的。

泰山庙正殿的后面，即属于文游台范围，沿砖路北行，路东有秦少游读书台。更北，地势渐高，即文游台。台基是一个大土墩。墩之一侧为四贤祠。四贤，说法不一。这本是一个“淫祠”，是一位“蒲圻先生”把它改造了的。蒲圻先生姓胡，字尧元。明代张诞《谒文游台四贤祠》诗云：“迩来风流久澌烬，文游名在无遗踪。虽有高台可游眺，异端丹碧徒穹窿。嘉禾不植稂莠盛，邦人奔走如狂矇。蒲圻先生独好古，一扫陋俗隆高风。长绳倒拽淫象出，易以四子衣冠容。”这位蒲圻先生实在是多事，把“淫象”留下来让我们看看也好。我小时到文游台，不但看不到淫象，连“四子衣冠容”也没有，只有四个蓝地金字的牌位。墩之正面为盍簪堂。“盍簪”之名，比较生僻。出处在易经。《易·豫》：“勿疑，朋盍簪。”王弼洲：“盍，合也；替，疾也。”孔颖达疏：“群朋合聚而疾来也。”如果用大白话说，就是“快来堂”。我觉得“快来堂”也挺不错。我们小时候对盍簪堂的兴趣比四贤祠大得多。因为堂的两壁刻着《秦邮帖》。小时候以为帖上的字是这些书法家在高邮写的。不是的。是把名家的书法杂凑起来的（帖都是杂凑起来的）。帖是清代嘉庆年间一个叫师亮采的地方官属钱梅溪刻的。钱泳《履园丛话》：“二十年乙亥……是年秋八月为韩城师禹门太守刻《秦邮帖》四卷，皆取苏东坡、黄山谷、宋元章、秦少游诸公书，两殿以松雪、华亭二家。”曾有人考证，帖中书颇多“赝鼎”，是假的，我们不管这些，对它还是很有感情。我们用薄纸蒙在帖上，用铅笔来回磨蹭，把这些字“拓”下来带回家，有时翻出来看看，觉得字很美。

盍簪堂后是一座木结构的楼，是文游台的主体建筑。楼颇宏大，东西两面都是大窗户。我读小学时每年“春游”都要上文游台，趴在两边窗台上看半天。东边是农田，碧绿的麦苗，油菜、蚕豆正在开花，很喜人。西边是人家，鳞次栉比，最西可看到运河堤上的杨柳，看到船帆在树头后面缓缓移动，缓缓移动的船帆叫我的心有点酸酸的，也甜甜的。

文游台的出名，是因为这是苏东坡、秦少游、王定国、孙莘老聚会的地方，他们在楼上饮酒、赋诗、倾谈、笑傲。实际上文游诸贤之中，最感动高邮人心的是秦少游。苏东坡只是在高邮停留一个很短的时期。王定国不是高邮人。孙莘老不知道为什么给人一个很古板的印象，使人不大喜欢。文游台实际上是秦少游的台。

秦少游是高邮人的骄傲，高邮人对他有很深的感情，除了因为他是大才子，“国士无双”，词写得好，为人正派，关心人民生活（著过《蚕书》）……还因为他一生遭遇很不幸。他的官位不高，最高只做到“正字”，后半生一直在迁谪中度过。四十六岁“坐党籍”——和司马光的关系，改馆阁校勘，出为杭州通判。这一年由于御史刘拯给他打了小报告，说他增损《实录》，贬监处州酒税。叫一个才子去管酒税，真是令人啼笑皆非。四十八岁因为有人揭发他写佛书，削秩徒郴州。五十岁，迁横州。五十一岁迁雷州。几乎每年都要调动一次，而且越调越远。后来朝廷下了赦令，迁臣多内徙，少游启程北归，至藤州，出游光华亭，索水欲饮，水至，笑视之而卒，终年五十三岁。

迁谪生活，难以为怀，少游晚年诗词颇多伤心语，但他还是很旷达，很看得开的，能于颠沛中得到苦趣。明陶宗仪《说郛》卷八十二：

> 秦观南迁，行次郴州遇雨，有老仆滕贵者，久在少游家，随以南行，管押行李在后，泥泞不能进，少游留道傍人家以俟，久之盘跚策杖而至，视少游叹曰：“学士，学士！他们取了富贵，做了好官，不枉了恁地，自家做甚来陪奉他们！波波地打闲官，方落得甚声名！”怒而不饭。少游再三勉之，曰“没奈何。”其人怒犹未已，曰：“可知是没奈何！”少游后见邓博文言之，大笑，且谓邓曰：“到京见诸公，不可不举似以发大笑也。”

我以为这是秦少游传记资料中写得最生动的一则，而且是可靠的。这样如闻其声的口语化的对白是伪造不来的。这也是白话文学史中很珍贵的资料，老仆、少游，都跃然纸上。我很希望中国的传记文学、历史题材的小说戏曲都能写成这样。然而可遇而不可求。现在的传记、历史题材的小说，都空空廓廓，有事无人，而且注入许多“观点”，使人搔痒不着，吞蝇欲吐。历史连续电视剧则大多数是胡说八道！

东坡闻少游凶信，叹曰：“少游已矣，虽万人何赎”，呜呼哀哉。

露筋晓月

“秦邮八景”中我最不感兴趣的是“露筋晓月”。我认为这是对我的故乡的侮辱。

有姑嫂二人赶路，天黑了，只得在草丛中过夜。这一带蚊子极多，叮人很疼。小姑子实在受不了。附近有座小庙，小姑子到庙里投宿。嫂子坚决不去，遂被蚊虫咬死，身上的肉都被吃净，露出筋来。时人悯其贞节，为她立了祠。祠曰露筋祠，这地方从此也叫做露筋。

这是哪个全无心肝的卫道之士编造出来的一个残酷惨厉的故事！这比“饿死事小，失节事大”，还要灭绝人性。

这故事起源颇早，米芾就写过《露筋祠碑》。

然而早就有人怀疑过。欧阳修就说这不合情理：蚊子怎么多，也总能拍打拍打，何至被咬死？再说蚊子只是吸人的血，怎么会把肉也吃掉，露出筋来呢？

我坐小轮船从高邮往扬州，中途轮机发生故障，只能在露筋抛锚修理。

高邮湖上的蓝天渐渐变成橙黄，又渐渐变成深紫，冥色四合，令人感动。我回到舱里，吃了两个夹了五香牛肉的烧饼，喝了一杯茶，把行李里带来的珠罗纱蚊帐挂好，躺了下来，不大会，就睡着了。

听到一阵嘤嘤的声音，睁眼一看：一个蚊子，有小麻雀大，正把它的长嘴从珠罗纱的窟窿里伸进来，快要叮到我的赤裸的胳臂。不过它太大了，身子进不来。我一把攥住它的长嘴，抽了一根棉线，把它的长嘴拴住，棉线的一端压在枕头下，蚊子进不来又飞不走，就狠狠拍搧翅膀，这就好像两把扇子往里吹风。我想：这不赖，我可以凉凉快快地睡一夜。

一个声音，很细，但是很尖：

"哥们！"

这是蚊子说话哪，——"哥们"？

"哥们，你为什么把我拴住？"

"你是世界上最可恨的东西！你们为什么要生出来？"

"我们是上帝创造的。"

"你们为什么要吸人的血？"

"这是上帝的意旨。"

"为什么咬得人又疼又痒？"

"不这样人怎么能记住他们生下来就是有罪的？"

"咬就咬吧，为什么要嗡嗡叫？"

"不叫，怎么能证明我们的存在？"

"你们真该统统消灭！"

"你消灭不了！"

我伸开两手，隔着蚊帐使劲一拍。不料一欠身，线头从枕头下面脱出，蚊子带着一截棉线飞走了。最可气的是它还回头跟我打了个招呼：“拜拜！你消灭不了我们，我们是国家一级保护动物！”

一声汽笛，我醒了。

晓月朦胧，露华滋润，荷香细细，流水潺潺。

轮机已经修好了。又一声长长的汽笛，小轮船继续完成未尽的航程。

我靠着船栏杆，想起王士祯的《露筋祠》诗：“……门外野风开白莲”。

看画

上初中的时候，每天放学回家，一路上只要有可以看看的画，我都要走过去看看。

中市口街东有一个画画的，叫张长之，年纪不大，才二十多岁，是个小胖子。小胖子很聪明。他没有学过画，他画画是看会的。画册、画报、裱画店里挂着的画，他看了一会就能默记在心。背临出来，大致不差。他的画不中不西，用色很鲜明，所以有人愿意买。他什么都画。人物、花卉、翎毛、草虫都画。只是不画山水。他不只是临摹，有时也“创作”。有一次他画了一个斗方，画一棵芭蕉，一只五彩大公鸡，挂在他的画室里（他的画室是敞开的）。这张画只能自己画着玩玩，买是不会有人买的，谁家会在家里挂一张“鸡巴图”？

他擅长的画体叫做“断简残篇”。一条旧碑帖的拓片（多半是汉隶或魏碑）、半张烧糊一角的宋版书的残页、一个裂了缝的扇面、一方端匋斋的印谱……七拼八凑，构成一个画面。画法近似“颖拓”，但是颖拓一般不画这种破破烂烂的东西。他画得很逼真，乍看像是剪贴在纸上的。这种画好像很“雅”，而且这种画只有他画，所以有人买。

这个家伙写信不贴邮票，信封上的邮票是他自己画的。

有一阵子，他每天骑了一匹大马在城里兜一圈，呱嗒呱嗒，神气得很。这马是一个营长的。城里只要驻兵，他很快就和军官混得很熟。办法很简单，每人送一套春宫。

一九四七年，我在上海先施公司二楼卖字画的陈列室看到四条“断简残篇”，一看署名，正是“张长之”！这家伙混得能到上海来卖画，真不简单。

北门里街东有一个专门画像的画工，此人名叫管又萍。走进他的画室，左边墙上挂着一幅非常醒目的朱元璋八分脸的半身画，高四尺，装在镜框里。朱洪武紫棠色脸，额头、颧骨、下巴，都很突出。这种面相，叫做“五岳朝天”。双眼奕奕，威风内敛，很像一个开国之君。朱皇帝头戴纱帽，著圆领团花织金大红龙袍。这张画不但皮肤、皱纹、眼神画得很“真”，纱帽、织金团龙，都画得极其工致。这张画大概是画工平生得意之作，他在画的一角用掺糅篆隶笔意的草书写了自己的名字：管又萍。若干年后，我才体会到管又萍的署名后面所挹注的画工的辛酸。画像的画工是从来不署名的。

若干年后，我才认识到管又萍是一个优秀的肖像画家，并认识到中国的肖像画有一套自成体系的肖像画理论和技法。

我的二伯父和我的生母的像都是管又萍画的。二伯父端坐在椅子上，穿著却是明朝的服装，头戴方巾，身著湖蓝色的斜领道袍。这可能是尊重二伯父的遗志，他是反满的。我没有见过二伯父，但是据说是画得很像的。我母亲去世时我才三岁，记不得她的样子，但我相信也是画得很像的，因为画得像我的姐姐，家里人说我姐姐长得很像我母亲。画工画像并不参照照片，是死人断气后，在床前直接勾描的。

然后还得起一个初稿。初稿只画出颜面，画在熟宣纸上，上面蒙了一张单宣，剪出一个椭圆形的洞，像主的面形从椭圆形的洞里露出。要请亲人家属来审查，提意见，胖了，瘦了，颧骨太高，眉毛离得远了……管又萍按照这些意见，修改之后，再请亲属看过，如无意见，即可完稿。然后再画衣服。

画像是要讲价的，讲的不是工钱，而是用多少朱砂，多少石绿，贴多少金箔。

为了给我的二伯母画像，管又萍到我家里和我的父亲谈了几次，所以我知道这些手续。

管又萍的“生意”是很好的，因为他画人很像，全县第一。

这是一个谦恭谨慎的人，说话小声，走路低头。

出北门，有一家卖画的。因为要下一个坡，而且这家的门总是关着，我没有进去看过。这家的特点是每年端午节前在门前柳树上拉两根绳子，挂出几十张钟馗。饮酒、醉眠、簪花、骑驴，仗剑叱鬼、从鸡笼里掏鸡、往胆瓶里插菖蒲、嫁妹、坐着山轿出巡……大概这家藏有不少种钟馗的画稿，每年只要照描一遍。钟馗在中国人物画里是个很有人性，很有幽默感的可爱的形象。我觉得美术出版社可以把历代画家画的钟馗收集起来出一本《钟馗画谱》，这将是一本非常有趣的画册。这不仅有美术意义，对了解中国文化也是很有意义的。

新巷口有一家“画匠店”，这是画画的作坊。所生产的主要是“家神菩萨”。家神菩萨是几个本不相干的家族的混合集体。最上一层是南海观音和善财龙女。当中是关云长和关平、周仓。下面是财神。他们画画是流水作业，“开脸”的是一个人，画衣纹的是另一个人，最后加彩贴金的又是一个人。开脸的是老画匠，做下手活的是小徒弟。画匠店七八个人同时做活，却听不到声音，原来学画匠的大都是哑巴。这不是什么艺术作品，但是也还值得看看。他们画得很熟练，不会有败笔。有些画法也使我得到启发。比如他们画衣纹是先用淡墨勾线，然后在必要的地方用较深的墨加几道，这样就有立体感，不是平面的，我在画匠店里常常能站着看一个小时。

这家画匠店还画“玻璃油画”。在玻璃的反面用油漆画福禄寿或老寿星。这种画是反过来画的，作画程序和正面画完全不同。比如画脸，是先画眉眼五官，后涂肉色；衣服先画图案，后涂底子。这种玻璃油画是作插屏用的。

我们县里有几家裱画店，我每一家都要走进去看看。但所裱的画很少好的。人家有古一点的好画都送到苏州去裱。本地裱工不行，只有一次在北市口的裱画店里看到一幅王匋民写的八尺长的对子，给我留下深刻的印象，我认为王匋民是我们县的第一画家。他的字也很有特点，我到现在还说不准他的字的来源，有章草，又有王铎、倪瓒。他用侧锋写那样大的草书对联，这种风格我还没有见过。

道士二题

马道士

马道士是一个有点特别的道士，和一般道士不一样。他随时穿着道装，我们那里当道士只是一种职业，除了到人家诵经，才穿了法衣，一高方巾，绣了八卦的“鹤氅”，平常都只是穿了和平常人一样的衣衫，走在街上和生意买卖人没有什么两样。马道士的道装也有点特别，不是很宽大，很长，——我们那里说人衣服宽长不合体，常说：“像个道袍”，而是短才过胫。斜领，白布袜，青布鞋。尤其特别的是他头上的那顶道冠。这顶道冠是个上面略宽，下面略窄，前面稍高，后面稍矮的一个马蹄状的圆筒，黑缎子的。冠顶留出一个圆洞，露出梳得溜光的发髻。这种道冠不知道叫什么冠。全城只有马道士一个人戴这种冠，我在别处也没见过。

马道士头发很黑，胡子也很黑，双目炯炯，说话声音洪亮，中等身材，但很结实。他不参加一般道士的活动，不到人家念经，不接引亡魂过升仙桥，不“散花”（道士做法事，到晚上，各执琉璃荷花灯一盏，迂迴穿插，跑出舞蹈队形，谓之“散花”），更不搞画符捉妖。他是个独来独往的道士。

他无家无室（一般道士是娶妻生子的），一个人住在炼阳观。炼阳观是个相当大的道观，前面的大殿里也有太上老君，值日功曹的塑象，也有人来求签、掷珓……马道士概不过问，他一个人住在最后面的吕祖楼里。

吕祖楼是一座孤零零的很小的楼，没有围墙，楼北即是“阴城”，是一片无主的荒坟，住在这里真是“与鬼为邻”。

马道士坐在楼上读道书，读医书，很少下楼。

他靠什么生活呢？他懂医道，有时有人找他看病，送他一点钱，——他开的方子都是一般的药，并没有什么仙丹之类。

他开了一小片地，种了一畦萝卜，一畦青菜，够他吃的了。

有时他也出观上街，买几升米，买一点油盐酱醋。

吕祖楼四周有二三十棵梅花，都是红梅，不知是原来就有，还是马道士手种的。春天，梅花开得极好，但是没有什么人来看花，很多人甚至不知道炼阳观吕祖楼下有梅花，我们那里梅花甚少，顶多有人家在庭院里种一两棵，像这样二三十棵长了一圈的地方，没有。

马道士在梅花丛中的小楼上读道书，读医书。

我从小就觉得马道士属于道教里的一个什么特殊的支派，和混饭吃的俗道士不同。他是从哪里来的呢？

前几年我回家乡一趟，想看看炼阳观，早就没有了。吕祖楼，梅花，当然也没有了。马道士早就“羽化”了。

五坛

五坛是个道观，离我家很近。由傅公桥往东走十来分钟就到。观枕澄子河，门外是一条一步可以跨过的水渠，水很清。沿渠种了一排柽柳。渠以南是一片农田，稻子麦子都长得很好，碧绿碧绿。五坛的正名是“五五社”，坛的大门匾上刻着这三个字，可是大家都叫它“五坛”。有人问路：“五五社在哪里”，倒没有什么人知道。为什么叫个“五坛”，“五五社”？不知道。道教对数目有一种神秘观念，对五尤其是这样。也许这和“太极、无极”有一点什么关系，不知道。我小时候不知道，现在也还是不知道。真是“道可道，非常道”！

五坛的门总是关着的。但是门里并未下闩，轻轻一推，就可以进去。

门里耳房里站着一个道童，管看门、扫地、焚香。除他以外，没有一个人，静悄悄的。天井两头种了四棵相当高大的树。东边是两棵玉兰，两边是两棵桂花。玉兰盛开，洁白耀眼，桂花盛开，香飘坛外。左侧有一个放生池，养着乌龟。正面的三清殿上塑着太上老君的金身，比常人还稍矮一点。前面是念经的长案，长案上整整齐齐的排了一刊经卷。经案下是一列拜垫，盖着大红毡子。炉里烧的是檀香，香气清雅。

五坛的道士不是普通的道士，他们入坛，在道，只是一种信仰，并不以此为职业，他们都是有家有业，有身份的人。如叶恒昌，是恒记桐油楼的老板。桐油楼是要有雄厚的资金的。如高西园，是中学的历史教员。人们称呼他们时也只是“叶老板”、“高老师”，不称其在教中的道名。他们定期到坛里诵经（远远的可以听到诵经的乐曲和钟磬声音）。

一般只是在坛里，除非有人诚敬恭请，不到人家做法事。他们念的经也和一般道士不一样，听说念的是《南华经》——《庄子》，这很奇怪。

五坛常常扶乩，我没有见过扶乩，据说是由两个人各扶着一个木制的丁字形的架子，下面是一个沙盘，降神后丁字架下垂部分即在沙盘上画出字来。扶乩由来以久，明清后，尤其盛行。张岱的《陶庵梦忆》即有记载。纪晓岚《阅微草堂笔记》录了很多乩语、乩诗。纪晓岚是个严肃的人，所录当不是造谣。这究竟是怎么回事呢？我以为这值得研究研究，不能用“迷信”二字一笔抹杀。

每年正月十五后一二日（扶乩一般在正月十五举行），五坛即将“乩语”木板刻印，分送各家店铺，大约四指宽，六七寸长。这些“乩语”倒没有神秘色彩，只是用通俗的韵文预卜今年是否风调雨顺，宜麦宜豆，人畜是否平安，有无水旱灾情。是否灵验，人们也在信与不信之间。

关于五坛，有这么一个故事。

蓝廷芳是个医生，“是外路人”。他得知五坛的道士道行高尚，法力很深，到五坛顶礼跪拜，请五坛道长到他家里为他父亲的亡魂超度。那天的正座是叶恒昌。

到“召请”（把亡魂摄到法坛，谓之“召请”），经案上有的烛火忽然变成蓝色，而且烛焰倾向一边，经案前的桌帷无风自起。同案诵经的道士都惊恐色变，叶恒昌使眼色令诸人勿动。

法事之后，叶恒昌问蓝廷芳：

“令尊是怎么死的？”

蓝廷芳问叶恒昌看见了什么。

叶恒昌说：“只见一个人，身著罪衣，一路打滚，滚出桌帷。”

蓝廷芳只得说笑话：他父亲犯了罪，在充军路上，被解差乱棍打死。

蓝廷芳和叶恒昌我都认识。蓝廷芳住在竺家巷口，就在我家后门的斜对面。叶恒昌的恒记桐油栈在新巷口，我上小学时上学，放学都要从桐油油栈门口走过，常看见叶恒昌端坐在柜台里面。叶恒昌是个大个子，看起来好像很有道行。但是我没有问过叶恒昌和蓝廷芳有没有这么回事，一来，我当时还是个孩子，二来这种事也不便问人家。

但是我很早就认为这只是一个故事。

而且这故事叫我很不舒服，为什么使我不舒服，我也说不清。

我常到五坛前面的渠里去捉乌龟。下了几天大雨，五坛放生池的水涨平岸，乌龟就会爬出来，爬到渠里快快活活地游泳。

《庄子》被人当做“经”念，而且有腔有调，而且敲钟击磬，这实在有点滑稽。

一技

珠花

北门口有一家穿珠花的。我小时候，妇女出家都还兴戴珠花。每次放学路过，我总愿意到这家穿珠花的作坊里去看看。铺面很小，只有一个老师傅带两个徒弟做活。老师傅手艺非常熟练。穿珠花一般都是小珠子，——米珠。偶尔有定珠花的人家从自己家里拿来大珠子，比如听说有一个叫汪炳为的，他娶亲时新娘子鞋尖的四颗珍珠有豌豆大！一般都没有用这样大的珠子穿珠花的，那得做别的用处，比如钉在“帽勒子”上。老师傅用小镊子拈起一颗一颗米珠，用细铜丝一穿，这种细铜丝就叫做“花丝”。看也不看，就穿成了一串，放在一边（我到现在还不明白那么小的珠子怎样打的孔）。珠串做齐，把花丝扭在一起，左一别，右一别，加上铜托，一朵珠花就做成了。珠花有几种式样，以“凤穿牡丹”、“凤朝阳”最多。

现在戴珠花的几乎没有了，只有戏曲旦角演员的“头面”上还用。但大都是玻璃料珠。用真的“珍珠头面”的恐怕很少了。

发蓝点翠

“发蓝”是在银首饰（主要是簪子）上，錾出花纹，在花纹空处，填以彩料，用吹管（这种吹管很简单，只是一个豆油灯碗，放七八根灯草，用一根铜管呼呼地吹）吹得珐琅彩料与银器熔为一体，略经打磨，碱水洗净，即成。

“点翠”是把翠鸟的翅羽剪成小片，按首饰的需要，嵌在银器里，加热，使“翠”不致脱落，即可。

齐白石题画翠鸟：“羽毛可取”。翠鸟毛的颜色确实无可代替。但是现在旦角头面没有“点翠”的，大都是化学药品染制的绸料贴上去的了。

真的点翠现在还不难见到，十三陵定陵皇后的凤冠就是点翠的。不过大概是复制品，不是原物。

葡萄常

葡萄常：姐妹都没有嫁人。她们做的葡萄（做为摆设）别的倒也没有什么稀奇：都是玻璃做出来的，很像，颜色有紫红的，绿的；特异处在葡萄皮外面挂着一层轻轻的粉，跟真葡萄一样。这层薄薄的粉是怎么弄上去的？——常家不是刷上去或喷上去的。多少做玩器的都捉摸过，捉摸不出来。这是常家的独得之秘，不外传。这样，才博得“葡萄常”的名声。

常家三姐妹相继去世：“葡萄常”从此绝矣。

草巷口

过去，我们那里的民间常用燃料不是煤。除了炖鸡汤、熬药，也很少烧柴。平常煮饭、炒菜，都是烧草——烧芦柴。这种芦柴秆细而叶多，除了烧火，没有什么别的用处。草都是由乡下——主要是北乡用船运来，在大淖靠岸。要买草的，到岸边和草船上的人讲好价钱，卖草的即可把草用扁担挑了，送到这家，一担四捆，前两捆，后两捆，水桶粗细一捆，六七尺长。送到买草的人家，过了秤，直接送到堆草的屋里。给我们家过秤的是一个本家叔叔抡元二叔。他用一杆很大的秤约了分量，用一张草纸记上"苏州码子"。我是从抡元二叔的"草纸账"上才认识苏州码子的。现在大家都用阿拉伯数字，认识苏州码子的已经不多了。我们家后花园里有三间空屋，是堆草的。一次买草，数量很多，三间屋子装得满满的，可以烧很多时候。

从大淖往各家送草，都要经过一条巷子，因此这条巷子叫做草巷口。

草巷口在"东头街上"算是比较宽的巷子。像普通的巷子一样，是砖铺的——我们那里的街巷都是砖铺的，但有一点和别的巷子不同，是巷口嵌了一个相当大的旧麻石磨盘。这是为了省砖，废物利用，还是有别的什么原因，就不知道了。

磨盘的东边是一家油面店，西边是一个烟店。严格说，“草巷口”应该指的是油面店和烟店之间，即麻石磨盘所在处的“口”，但是大家把由此往北，直到大淖一带都叫做“草巷口”。

“油面店”，也叫“茶食店”，即卖糕点的铺子，店里所卖糕点也和别的茶食店差不多，无非是：兴化饼子、鸡蛋糕，兴化饼子带椒盐味，大概是从兴化传过来的；羊枣，也叫京果，分大小两种，小京果即北京的江米条，大京果似北京蓼花而稍小；八月十五前当然要做月饼。过年前做烽糖饼，像一个锅盖，烽糖饼是送礼用的；夏天早上做一种“潮糕”，米面蒸成，潮糕做成长长的一条，切开了一片一片是正方角，骨牌大小，但是切时断而不分，吃时一片一片揭开吃，潮糕有韧性，口感很好；夏天的下午做一种“酒香饼子”，发面，以糯米和面，烧熟，初出锅时酒香扑鼻。

吉陛的糕点多是零块地卖，如果买得多（是为了送礼的），则用苇篾编的“撇子”装好，一底一盖，中衬一张长方形的红纸，印黑字：

本店开设东大街草巷口坐北朝南惠顾诸君请认明吉陛字号庶不致误

源昌烟店主要是卖旱烟，也卖水烟——皮丝烟。皮丝烟中有一种，颜色是绿的，名曰“青条”，抽起来劲头很冲。一般烟店不卖这种烟。

源昌有一点和别家店铺不同。别的铺子过年初一到初五都不开门，破五以前是不做生意的。源昌却开了一半铺搭子门，靠东墙有一个卖“耍货”的摊子。可能卖耍货的和源昌老板是亲戚，所以留一块空地供他摆摊子。“耍货”即卖给小孩子玩意：“捻捻转”、“地嗡子”（陀螺）……卖得最多的是“洋泡”。一个薄薄橡皮做的小囊，上附小木嘴。吹气后就成了氢气球似的圆泡，撒手后，空气振动木嘴里的一个小哨，哇的一声。还卖一些小型的花炮，起火，“猫捉老鼠”……最便宜的是“滴滴金”，——皮纸制成麦秆粗细的小管，填了一点硝药，点火后就会嗤嗤地喷出火星，故名“滴滴金”。

进巷口，过麻石磨盘，左手第一家是一家“茶炉子”。茶炉子是卖开水的，即上海人所说的“老虎灶”。店主名叫金大力。金大力只管挑水，烧茶炉子的是他的女人，茶炉子四角各有一口大汤罐，当中是火口，烧的是粗糠。一簸箕粗糠倒进火口，呼的一声，火头就蹿了上来，水马上呱呱地就开了。茶炉子卖水不收现钱，而是事前售出很多“茶筹子”——一个一个小竹片，上面用烙铁烙了字：“十文”、“二十文”，来打开水的，交几个茶筹子就行。这大概是一种古制。

往前走两步，茶炉子斜对面，是一个澡塘子，不大。但是东街上只有这么一个澡塘子，这条街上要洗澡的只有上这家来。澡塘子在巷口往西的一面墙上钉了一个人字形小木棚，每晚在小棚下挂一个灯笼，算是澡塘的标志（不在澡塘的门口）。过年前在木棚下贴一条黄纸的告白，上写：

“正月初六日早有菊花香水”

那就是说初一到初五澡塘子是不开业的。

为什么是“菊花香水”而不是兰花香水、桂花香水？我在这家澡塘洗过多次澡，从来没有闻到过“菊花香水”味儿，倒是一进去，就闻到一股浓重的澡塘子味儿。这种澡塘子味道，是很多人愿意闻的。他们一闻过味道，就觉得：这才是洗澡！

有些人烫了澡（他们不怕烫，不烫不过瘾），还得擦背、捏脚、修脚，这叫“全大套”。还要叫小伙计去叫一碗虾子猪油葱花面来，三扒两口吃掉。然后咕咚咕咚喝一壶浓茶，脑袋一歪，酣然睡去。洗了“全大套”的澡，吃一碗滚烫的虾子汤面，来一觉，真是“快活似神仙”。

由澡塘往北，不几步，是一个卖香烛的小店。这家小店只有一间门面。除香烛纸之外，卖“箱子”。苇秆为骨，外糊红纸。四角贴了“云头”。这是人家买去，内装纸钱，到冥祭时烧给亡魂的。小香烛店的老板（他也算是“老板”），人物猥琐，个儿矮小，而且是个“齉鼻子”，“齉”得非常厉害，说起话来瓮声瓮气，谁也听不清他说什么。他的媳妇可是一个很“刷括”（即干净利索）的小媳妇，她每天除了操持家务，做针线，就是糊“箱子”。一街的人都为这小媳妇感到很不平，——嫁了这么个矮小个鼻子丈夫。但是她就是这样安安静静地过了好多年。

由香烛店往北走几步，就闻到一股骡粪的气味。这是一家碾坊。这家碾坊只有一头螺子（一般碾坊至少有两头骡子，轮流上套）。碾房是个老碾房。这头骡子也老了，看到这头老骡子低着脑袋吃力地拉着碾子，总叫人有些不忍心。骡子的颜色是豆沙色的，更显得没有精神。

碾坊斜对面有一排比较整齐高大的房子，是连万顺酱园的住家兼作坊。作坊主要制品是萝卜干，萝卜干揉盐之后，晾晒在门外的芦席上，过往行人，可以抓几个吃。新腌的萝卜干，味道很香。

再往北走，有几户人家。这几家的女人每天打芦席。她们盘腿坐着，压过的芦苇片在她们的手指间跳动着，延展着，一会儿的工夫就能织出一片。

再往北还零零落落有几户人家。这几户人家都是干什么的，我就不知道了，我很少到那边去。

阴城

草巷口往北，西边有一个短短的巷子。我的一个堂房叔叔住在这里。这位堂叔我们叫他小爷。他整天不出门，也不跟人来往，一个人在他的小书房里摆围棋谱，养鸟。他养过一只鹦鹉，这在我们那里是很少见的。我有时到小爷家去玩，去看那只鹦鹉。

小爷家对面有两户人家，是种菜的。

由小爷家门前往西，几步路，就是阴城了。

阴城原是一片古战场，韩世忠的兵曾经在这里驻过，有人捡到过一种有耳的陶壶，叫做“韩瓶”，据说是韩世忠的兵用的水壶，用韩瓶插梅花，能够结子。韩世忠曾在高邮驻守，但是没有在这里打过仗。韩世忠确曾在高邮属境击败过金兵，但是在三垛，不在高邮城外，有人说韩瓶是韩信的兵用的水壶，似不可靠，韩信好像没有在高邮屯过兵。

看不到什么古战场的痕迹了，只是一片野地，许多乱葬的坟，因此叫做“阴城”。有一年地方政府要把地开出来种麦子，挖了一大片无主的坟，遍地是糟朽的薄皮棺材和白骨。麦子没有种成，阴城又成了一片野地，荒坟垒垒，杂草丛生。

我们到阴城去，逮蟆蚱，掏蛐蛐，更多的时候是去放风筝。 小时候放三尾子。这是最简单的风筝。北京叫屁股帘儿，有的地方叫瓦片。三根苇蔑子扎成一个干字，糊上一张纸，四角贴“云子”，下面粘上三根纸条就得。

稍大一点，放酒坛子，蔑架子扎成绍兴酒坛状，糊以白纸；红鼓，如鼓形；四老爷打面缸，红鼓上面留一截，露出四老爷的脑袋——一个戴纱帽的小丑：八角，两个四方的蔑框，交错为八角；在八角的外边再套一个八角，即为套角，糊套角要点技术，因为两个八角之间要留出空隙。红双喜，那就更复杂了，一般孩子糊不了。以上的风筝都是平面的，下面要缀很长的麻绳的尾巴，这样上天才不会打滚。

风筝大都带弓。干蒲破开，把里面的瓤刮去，只剩一层皮，苇秆弯成弓，把蒲绷在弓的两头，缚在风稳额上，风筝上天，蒲弓受风，汪汪地响。

我已经好多年不放风筝了。北京的风筝和我家乡的，我小时糊过、放过的风筝不一样，没有酒坛子、没有套角，没有红鼓，没有四老爷打面缸。北京放的多是沙燕儿。我的家乡没有沙燕儿。

三圣庵

祖父带我到三圣庵去，去看一个老和尚指南。

很少人知道三圣庵。

三圣庵在大淖西边。这是一片很荒凉的地方，长了一些野树和稀稀拉拉的芦苇，有一条似有若无的小路。

三圣庵是一个小庵，几间矮矮的砖房。没有大殿，只有一个佛堂。也没有装金的佛像。供案上有一尊不大的铜佛。一个青花香炉，清清爽爽，干干净净。 指南是个戒行严苦的高僧。他曾在香炉里烧掉两个食指，自号八指头陀。

他原来是善因寺的方丈。善因寺是全城最大的佛寺，殿宇庄严，佛像高大，善因寺有很多庙产。指南早就退居，——“退居”是佛教的说法，即离开方丈的位置，不再管事。接替他当善因寺的方丈的，是他的徒弟铁桥。指南退居后就住进三圣庵，和尘世完全隔绝了。

指南相貌清癯，神色恬静。

祖父和他说了一会话，——他们谈了一些什么，我已经没有印象，就告辞出庵了。

他的徒弟铁桥和指南可是完全不一样。他是一个风流和尚，相貌堂堂，双目有光。他会写字，会画画，字写石鼓文，画法吴昌硕，兼学任伯年，在我们县里可以说是数一数二。他曾在苏州一个庙里当过住持，作画题铁桥，有时题邓尉山僧。他所来往的都是高门名士。善因寺有素菜名厨，铁桥时常办斋宴客，所用的都是猴头、竹荪之类的名贵材料。很多人都知道，他有一个相好的女人。这个女人我见过，是个美人，岁数不大。铁桥和我的父亲是朋友。父亲年轻时刻过一套《陋室铭》印谱，就是铁桥题的签。父亲续娶，新房里挂的是一幅铁桥的画，泥金地，画的是桃花双燕，设色鲜艳，题的字是：淡如仁兄嘉礼弟铁桥敬贺。父亲在新房里挂一幅和尚画的画，铁桥和俗家人称兄道弟，他们都真是不拘礼法。我有时到善因寺去玩，铁桥知道我是汪淡如的儿子，就领我到他的方丈里吃枣子栗子之类的东西。我的小说里所写的石桥，就是以铁桥作原型的。

高邮解放，铁桥被枪毙了，什么罪行，没有什么人知道。

前几年我回家乡，翻看旧县志，发现志载东乡有一条灌溉长渠，是铁桥出头修的。那么铁桥也还做过一点对家乡有益的事。

我不想对铁桥这个人作出评价。不过我倒觉得铁桥的字画如果能搜集得到，可以保存在县博物馆里。

由三圣庵想到善因寺，又由指南想到铁桥，我这篇文章真是信马由缰了。为什么要写这篇文章呢？我只是想说：和尚和和尚不一样，和尚有各式各样的和尚，正如人有各式各样的人。

我直到现在还不明白我的祖父为什么要带我到三圣庵，去看指南和尚。我想他只是想要一个孙子陪陪他，而我是他喜欢的孙子。

牌坊

——故乡杂忆

臭河边南岸有三座贞节牌坊。三座牌坊大小、高矮、式样差不多，好像三姊妹。都是白石头，重檐，方柱。横枋当中有一块微向前倾的长方石头，像一本洋装书。上刻两个字："圣旨"。这三座牌坊旌表的是什么人，谁也没有注意过。立牌坊的年月是刻在横枋的左侧的，但是也没有人注意过。反正是有了年头了。牌坊整天站着，默默无言。太阳好的时候，牌坊把影子齐齐地落在前面的土地上。下雨天，在大雨里淋着。每天黄昏，飞来很多麻雀，落在石檐下面，石枋石柱的缝隙间，叽叽喳喳，叫成一片。远远走过来，好像牌坊自己在叫。

听到过一个关于牌坊的故事。

有一家，姓徐，是个书香人家，徐少爷娶妻白氏，貌美而贤惠，知书达礼。不幸徐少爷得了一场伤寒，早离尘世。徐少奶奶这时才二十四五岁，年轻守寡。徐少爷留下一个孩子，才三岁。徐少奶奶就守着这个孩子，教他读书习字。

转眼二十年过去了，孩子已经长大成人。孩子很聪明，也用功，功名顺利，由秀才、举人，一直到中了进士。

这年清明祭祖，徐氏族人聚会，说起白夫人年轻守节，教子成名，应该申报旌表，为她立牌坊。儿子觉得在理，就回家对母亲说明族人所议。

白夫人一听，大怒，说：

“我不要立牌坊！”

说着从床下拖出一个柳条笆斗，笆斗里是一斗铜钱。白夫人把铜钱往地板上一倒，说：

“这就是我的贞节牌坊！”

原来白夫人每到欲念升起，脸红心乱时，就把一斗铜钱倒在地板上，滚得哪儿都是，然后俯身一枚一枚的拾起来，这样就岔过去了。

儿子从此再也不提立牌坊的事。

《高邮风物》序

高邮八景我到现在还数不全。神居山在湖西，我竟未去过。鹿女丹泉我连在哪里都不知道，只是听说过这个名目。八景里我最熟悉的是文游台，实实在在觉得这是一“景”的，也是文游台。文游台离我家很近，步行十分钟即可到。我们上小学的时候，每年春游都是上文游台。正月里到泰山庙看戏，也要顺便上文游台去逛逛。文游台真不错。因为地势高，眼界空阔，可以看得很远。印象最深的是西面运河里的船帆由绿树梢头轻轻移过。再就是台边种了很多蚕豆，开着淡紫色的繁花。文游台前面是泰山庙。传说泰山庙大殿的屋顶上是不积雪的。因为大殿下面是一个很大的獾子洞，獾子用毛擀成了一片獾毡，和殿基一般大小獾毡热气上升，所以雪下不到屋顶就化了。有人把獾毡盗走了，泰山庙的屋顶就照样积雪了。

高邮的八景我觉得有两个特点。一个是多半和水有关。我的家乡是一个泽国，这是很自然的。甓射珠光、耿庙神灯、邗沟烟柳都是由水得景。镇国寺塔原来在西门外运河岸边。运河拓宽，塔在河中的洲上了，跟运河的关系就更密切了。第二是不少景都有点浪漫主义色彩，有点神秘的味道。神山爽气，只是一股气，真不好捉摸。爽气是什么样的气呢。缥缈得很。甓射湖珠大概宋朝以前就很有名。沈括的《梦溪笔谈》里有详细的记载。沈括是个有科学头脑的严肃的学者，所记必有所据。他把这颗神珠写得很美，而且使人有恐怖感。这到底是什么东西呢？有人怀疑这是外星人发射来的飞碟一类的东西，这只是猜测。甓射湖中已无珠，然而明烂的珠光长存在人们的想象之中。我觉得耿庙神灯是一个美丽的传说。我小时候好像七公殿还在。民国二十年发大水之前有许多预象，人们的迷信思想抬头，想象力也特别活跃，纷纷传说七公老爷显了灵，说是在苍茫云水之间看到神灯了。其实谁也没有看到。正因为没有人看到过，所以越加相信神灯是有的。

八景里我不喜欢的是露筋晓月。关于露筋祠的传说，欧阳修就怀疑过，认为这是不可能的事，不近情理。人怎么能被蚊子咬得露了筋而死去呢？她怎么也能想一点办法，至少可以用手拍打拍打。而且蚊子只吸人血，没有听说连人肉也吃的。这是一个出于残酷的贞洁观念而编造出来的故事。王渔洋露筋祠诗“门外野风开白莲”写得很凄凉，就没有一笔涉及露筋而死的惨剧。我并不认为要把这一景从八景中开除，只是觉得在介绍传说时要加以批判。

高邮可能会成为运河线上的一个旅游点，所有的景都需要收拾收拾。文游台最好在原有基础上整建。除了房屋的营造要有点宋代风格，室内装饰也要注意。听说现在刻制了一些楹联，希望朴素一些，不要搞得金碧辉煌。主楼内的家具陈设也要搞得讲究一些。在高邮找一堂红木几案、坐榻、旧瓷器、大理石插屏、多宝格……都还是可以找得出来的。镇国寺塔要维修，现在相当残破了。另外，要多植花木。文游台前宜植罗汉松、柽柳、玉兰（不要广玉兰）、紫白丁香、西府海棠。镇国寺塔的地势很好，洲上现在种的树杂乱无章，且多是槐、榆之类，这个小洲似可辟为果树园，种桃、种杏、种梨，春华秋实，这样坐在运河的船上望之如锦绣，使过客很想泊舟到洲上喝一杯茶，吃几块界首茶干。甓沟烟柳本不是一个固定的地界，但可选一个合适的地段，移栽大量的垂柳，柳丛中可安置几个牛车篷式的草顶的大亭子，卖酒，卖起水旋煮的缩项鳊、翘嘴白。有些可以想象，无法目睹的景，如甓射珠光、耿庙神灯，可以选一地点，立一碑石。石质要好，文宜雅洁，字要端秀，——不要那种带霸悍之气的“将军体”。

高邮的风味食物，有名的是双黄鸭蛋和大麻鸭。双黄蛋容易变质。我从家乡几次带了一些双黄鸭蛋准备送人，结果都坏了。家乡人应研究一下稍可久贮的腌制方法。大麻鸭是名种，但高邮人似乎并不太会做鸭。我建议高邮派定一二厨师到外地留留学，专门在做鸭菜上下一点功夫，学会做口蘑炖鸭、虫草炖鸭、八宝鸭（腔内填糯米及香菇、虾仁、火腿清蒸）、香酥鸭……高邮人不善做盐水鸭，应该到南京学学，不难的。高邮原来有厨师会做叉子烤鸭的，现在好像失传了。高邮既以产鸭著名，应该能像淮安人做得出全鳝席一样做得出全鸭席。

朱延庆同志编了一本《高邮风物》，嘱我为序。延庆治学谨严，文笔清丽，此书必有可观，乃乐为之序。

《菰蒲深处》自序

我是高邮人。高邮是个水乡。秦少游诗云：

吾乡如覆盂，
地处扬楚脊。
环以万顷湖，
天粘四无壁。

我的小说常以水为背景，是非常自然的事，记忆中的人和事多带有点泱泱的水气，人的性格亦多平静如水，流动如水，明澈如水。因此我截取了秦少游诗句中的四个字“菰蒲深处”作为这本小说集的书名。

这些小说写的是本乡本土的事，有人曾把我归入乡土文学作家之列。我并不太同意。“乡土文学”概念模糊不清，而且有很大的歧义。舍渥德·安特生的小说算是乡土文学，斯坦因倍克算是乡土文学，甚至有人把福克纳也划入乡土文学，但是我们看，他们之间的差别有多大！中国现在有人提倡乡土文学，这自然随他们的便。但是有些人标榜乡土文学，在思想上带有排他性，即排斥受西方影响较深的所谓新潮派。我并不拒绝新潮。我的一些小说，比如《昙花·鹤和鬼火》、《幽冥钟》，不管怎么说，也不像乡土文学。我的小说有点水气，却不那么有土气。还是不要把我纳入乡土文学的范围为好。

我写小说，是要有真情实感的，沙上建塔，我没有这个本事。我的小说中的人物有些是有原型的。但是小说是小说，小说不是史传。我的儿子曾随我的姐姐到过一次高邮，我写的《异秉》中的王二的儿子见到他，跟他说："你爸爸写的我爸爸的事，百分之八十是真的。"可以这样说。他的熏烧摊子兴旺发达，他爱听说书……这都是我亲眼所见，他说的"异秉"——大小解分清，是我亲耳所闻，——这是造不出来的。但是真实度达到百分之八十，这样的情况是很少的。《徙》里的高先生实有其人，我连他的名字也没有改，因为小说里写到他门上的一副嵌字格的春联，这副春联是真的。我们小学的校歌也确是那样。但高先生后来一直教中学，并没有回到小学教书。小说提到的谈甓渔，姓是我的祖父的岳丈的姓，名则是我一个做诗的远房舅舅的别号。陈小手有那么一个人，我没有见过，他的事是我的继母告诉我的，但陈小手并未被联军团长一枪打死。《受戒》所写的荸荠庵是有的，仁山、仁海、仁渡是有的（他们的法名是我给他们另起的），他们打牌、杀猪，都是有的，唯独小和尚明海却没有。大英子、小英子是有的。大英子还在我家带过我的弟弟。没有小和尚，则小英子和明海的恋爱当然是我编出来的。小和尚那种朦朦胧胧的爱，是我自己初恋的感情。世界上没有这样便宜的事，把一块现成的，完完整整的生活原封不动地移到纸上，就成了一篇小说。从眼中所见的生活到表现到纸上的生活，总是要变样的。我希望我的读者，特别是我的家乡人不要考证我的小说哪一篇写的是谁。如果这样索起隐来，我就会有吃不完的官司的。出于这种顾虑，有些想写的题材一直没有写，我怕所写人物或他的后代有意见。我的小说很少写坏人，原因也在此。

我的小说多写故人往事，所反映的是一个已经消逝或正在消逝的时代。我的家乡曾是一个比较封闭的小城。因为离长江不太远，自然也受了一些外来的影响。我小时看过清代不知是谁写的竹枝词，有一句“游女拖裙俗渐南”，印象很深，但是“渐南”而已，这里还保存着很多苏北的古风。我并不想引导人们向后看，去怀旧。我的小说中的感伤情绪并不浓厚。随着经济的发展，改革开放，人的伦理道德观念自然会发生变化，这是不可逆转，也是无可奈何的事。但是在商品经济社会中保存一些传统品德，对于建设精神文明，是有好处的。我希望我的小说能起一点微薄的作用。“再使风俗淳”，这是一些表现传统文化，被称为“寻根”文学的作者的普遍用心，我想。

谨以此书献给我的家乡。